성숙해라
열여덟 살도 어른이다

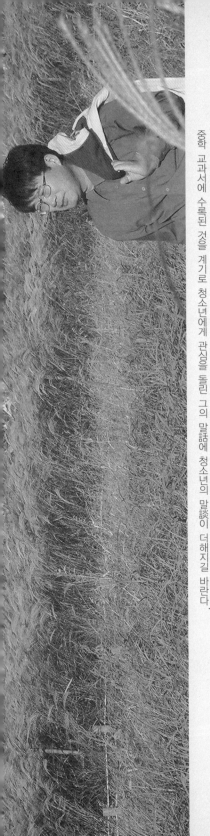

유현민의
話·談

'성숙해라, 열여덟 살도 어른이다.'는 작가가 청소년에게 주는 희망의 메시지이다.

이 글을 통해 그가 바라는 것은 청소년의 성숙이다. 생각의 깊이와 올바른 사고를 확정하여 어른스럽게 성장하는

모습, 자기 인생을 향한 발걸음을 내딛을 수 있는 용기를 전하기 위해 작가가 말하고(話)

청소년이 이를 긍정하고 말하는(談) 그런 설정이다.

이미 '어머니와 함께 한 900일 간의 소풍, 이 대마의 중학 필독서에 선정되었으며 홈페이지에서는

중학 교과서에 수록된 것을 계기로 청소년에게 관심을 돌린 그의 말話에 청소년의 말談이 더해지길 바란다.

성숙해라

열여덟 살로
여으는이다

이인북스
BOOKS

머리말

　　　　　 성숙해라, 열여덟 살도 어른이다.
지금 너희 정신선상에 나타난 것들은 어른스러운 판단과 이성
과 행동이 뒤따라야 한다. 결코 어린 나이가 아니다. 어리고자
하다면 어린 나이지만 어른이고자 한다면 얼마든지 어른이 될
수 있는 나이이다.

　생각의 깊이를 더하고 어떤 사고를 지녀야 좀 더 나은 인생을
살아갈 수 있는가를 고민하고 어떻게 하면 이 사회의 일원으로
서 이 세상에 단편이나마 한 획을 그을 수 있는가 확정해라.

　우리에겐 생각할 시간이 필요하다. 나는 누구이며, 미래에 어
떤 목적을 가지고 살 것이며 내 이상의 뿌리를 지금 어떻게 내
려야 하는 등 많은 것들에 대한 생각이 필요하다.

　바람이 불면 누구에게든 이익이 된다는 긍정적인 마음으로
세상을 보고 내가 필요한 세상을 찾아가는 그 시점을 파악하라.
물음표에 해당하는 사고와 느낌표에 해당하는 감정과 쉼표에
해당하는 휴식을 찾기 위해 지금 너희들에겐 명상하듯 정말 생
각할 시간이 필요하다.

운명의 나침반은 지금 정해져야 한다. 어떤 운명을 살아가야 할 것인가를 정하는 것도 지금의 이 시기가 아니겠는가. 그러기에 더더욱 생각할 시간이 필요하다.

이것저것 다 해보려 하지 말고 인생에서 가장 가치 있다고 생각하는 일을 골라 자신의 인생을 걸어라.

나는 미래에 어떤 사람으로 성장해 있을 것인가를 꿈꿔라. 그리고 그렇게 될 수 있음을 믿어라. 지금 이 순간, 나의 비전을 꿈꾸지 않는다면 나의 미래를 가질 수 없다.

빛을 향해 걸어가라. 그늘 속에 숨지 말고 떳떳하게 어깨를 펴고 당당하게 걸어가라. 그 힘찬 행군이야말로 그대들이 걸어야 할 발걸음인 것이다. 그대들 비전의 완성인 것이다.

정현재에서 유현민

차 례

머리말

10

제2부
길을 묻는 것이 헤매는 것보다 낫다

제3부
바람은 늘
한 방향으로만
불지 않는다

제 1 부

달팽이는 자기 껍질 속에 갇혀 있다

지금의 나에게 절망을 느끼지 마라

"잊지 마라. 나의 길을 가장 잘 아는 사람은 결국
나 자신이라는 사실을."

폐허된 도시에서도
아름다움을 느낄 수 있듯이 허한 가슴에서도 희망을 느낄 수 있
다. 모든 떡갈나무는 한때 도토리였다는 것을 기억하고 절망하
지 마라. 자신감을 가져라. 지금 왜 유독 나만이 하는 생각으로
눈물 흘리지 마라. 아무리 훌륭한 수레도 넘어질 때가 있으며
재주 많은 원숭이도 나무에서 떨어질 때가 있다.

늦지 않았다. 목표로 삼았다가 실패하면 다시 시작해라. 세상
에서 가치 있고 소중한 것은 정해져 있지 않다. 세상은 정상 정
복을 꿈꾸는 것만을 가치 있게 생각하는 것이 아니다. 등정주의
가 있는가 하면 등로주의, 그러니까 산을 정복하는 것이 아니라
산을 오르는 길을 찾는 것에 자신의 가치를 거는 사람도 있다는

것을 생각해라.

모든 일에는 빛과 그림자가 있고 산과 계곡이 있다. 빛이 있기 때문에 그림자 부분이 눈에 띄고 계곡이 있기 때문에 산봉우리에 오를 수 있다.

모든 것을 포기하고 지금 주저앉아 있는 사람이 있다면 이제 자리를 훌훌 털고 일어나 너의 길을 가라. 그 자체만으로 네 앞날은 희망이 있다. 하지 않는 것보다 늦게라도 하는 것이 얼마나 좋은 것을 아느냐. 다시 시작하려는 그 마음 자체 하나만으로도 나는 희망을 보고 있고 너의 앞날 모두를 긍정하게 된다.

인생의 길은 고독하고 어려운 것이다. 아무리 뛰어난 천재라 하더라도 인생을 명확히 해명할 수는 없는 일이다. 나 스스로 가야하고 나 스스로 벗을 만들어야 하고 나를 구할 수 있는 힘도 가져야 한다. 그러면서 나를 해하는 나쁜 칼날도 내 스스로 만들게 되는 것이다.

무리하지 말며 내 능력을 측정해서 거기에 맞는 일을 찾아 자신 있게 앞으로 나아가라. 남보다 자신감을 가지고 있는 것 하나만으로도 그렇지 않은 사람이 거둘 성공의 확률보다 대단히 높다. 인류의 위대한 지도자들을 보면 모두 자신감이 넘쳐 있었고 그 중요성을 알고 있었던 사람들이다. 내가 그들보다 못할 일이 무엇인가.

자신의 인생은 자신이 개척해 나갈 것이며 어디까지나 해결의 주체는 나 자신이다.

캐럴라인의 다음 말에서 우리는 주목할 것이 있다.

"잊지 마라. 나의 길을 가장 잘 아는 사람은 결국 나 자신이라는 사실을."

희망을 가져라. 희망이 없으면 미래도 없다. 조금이라도 나아질 수 있다는 희망이 있을 때 우리는 노력하게 된다. 오히려 진정한 성공을 위해선 최악의 상황을 한 번쯤 경험해 보는 것도 나쁘지 않다. 그렇다고 일부러 최악의 상황을 만들 필요는 없지만 위기가 닥치면 이것은 내가 꼭 넘어야 할 산이며 더 높은 관문으로 나아가기 위한 시련이라고 의연하게 대처해 나가기 바란다.

자기 스스로도 알지 못하던 것을 발견하고 자기 스스로도 알지 못하던 것을 자기 속에서 끄집어내는 것이 바로 삶이 아니겠는가. 삶이 두려워 겁낼 필요가 없다. 오히려 신명나는 굿판을 벌이듯 자신의 인생의 굿판을 즐겨라. 의미 있는 인생을 살아가기 위해 의미 있는 사고를 확정하라. 내가 사람으로 태어났으면 분명 무언가를 이뤄야 할 신의 소명도 함께 가지고 태어났을 것이다. 그것이 바로 우리들의 희망이다.

인생의 목적은 끊임없는 전진이다

실패할 것을 두려워하는 조심성도 좋지만 아무것도 하지 않는 것보다
차라리 실패하는 쪽이 진일보하는 것이란 사실을 잊지 마라.

행동은 행동하지 않고서는
길러지지 않는다. 행동이 이치에 맞는지 맞지 않는지를 말하기
에 앞서 먼저 행동해 보아야 한다. 무엇이건 용기를 가지고 행
동하는 것이 중요하다.

결단력이 없는 것은 결단을 하지 않기 때문이다. 사소하고 작
은 일일지라도 단단히 결단하고 행동에 옮겨 실천해 보라. 너무
큰 목표에만 집착하기 때문에 자신이 없어지고 실패가 두려워
지는 것이다. 결단할 수 있는 것부터 결단하면서 앞으로 나아가
라. 이런 과정을 통해서 정신력이 단련되고 성숙되는 것이다.

일단 결단을 내린 다음 그에 대한 실행만 남았다면 결과에 대
한 걱정을 하지 마라. 오랜 숙고를 통해 내린 결단은 그 결단을

실행에 옮길 충분한 가치가 있다. 여기서 자칫 망설이게 되면 시기를 놓치게 된다. 일단 하겠다고 결단했으면 적극적인 행동으로 밀어붙여야 한다. 이리 저리 재지 말고 결과에 대한 두려움을 떨쳐버려야 한다.

생각하며 행동하고 행동하며 생각해라. 그런 결단이 필요하다. 하지만 빠른 것만이 좋은 결단이라 할 수 없다. 빠른 결단은 자칫 질이 나빠지고 만다. 반대로 질이 좋더라도 결단이 늦으면 이 또한 진정한 결단이랄 수가 없는 것이다. 모든 것은 무의미해지기 때문이다. 빠르고 느림과 질의 좋고 나쁨에 대한 균형을 갖추어야 한다.

결단을 내리고 자기가 원하는 목표를 향해 힘차게 전진해야만 성공을 이룰 수 있다.

실패할 것을 두려워하는 조심성도 좋지만 아무 것도 하지 않는 것보다 차라리 실패하는 쪽이 진일보하는 것이란 사실을 잊지 마라.

실패가 두려워 아무 것도 하지 않는 사람은 가장 뒤처진 사람으로서 그런 사람에게 희망을 찾기란 대단히 어렵다. 만약 실패를 하더라도 그 실패를 뛰어 넘으면 된다. 영원한 성공도 없고 영원한 실패도 없다. 항상 성공하지도 않지만 항상 실패하지도 않는다.

설령 목표를 이루지 못했다고 해도 그동안에 노력한 땀과 정성은 어떠한 형태로든 남아 있게 된다. 그리고 시간이 지나면 지금 그렇게 남아 있는 결과가 어떤 결실이라는 것을 알게 된다.

"나는 두렵지 않아. 나는 끊임없이 도전할 것이며 만약 여의치 않다면 그것을 발판으로 삼아 새롭게 도전한다. 실패를 절대 두려워하지 않는다."

성공했거나 승리한 삶을 살아가는 사람들 대부분은 이러한 생각들을 가지고 있다. 이러한 정신은 행동력을 키우고 그 효과를 증가시키는 기본 원칙이 된다.

목표를 이루지 못하는 것은 무리한 목표를 세우기 때문에 쉽지 않은 것이다. 욕심이 앞서 자신의 능력에 비해 무리한 목표를 세우기 때문에 조그마한 장애에 부딪쳐도 좌절하고 결국 중도에서 포기하고 마는 것이다. 나는 의지가 약하고 행동력이 없다는 섣부른 자기혐오와 열등감에 빠져 헤어 나오지 못하는 것이다.

하지만 목표는 실행 가능한 것이어야 한다. 원대한 포부와 원대한 사상도 자기가 실행할 수 있는 범위에서 목표를 정해야 달성하는 게 가능하지 그것을 벗어났을 때는 이미 내 자신의 통제를 벗어나 수습할 길이 없게 된다.

자신의 역량에 맞는 계획을 세우고 목적을 향해 달려가라. 계획은 확실하게 실행할 수 있는 것이어야 한다. 아무리 여유 있게 그리고 좋은 계획이라도 하루하루의 노력을 게을리 하거나 뒤로 미루어 한꺼번에 하려 한다면 그 계획은 절대 달성될 수 없다.

　하루하루 끊임없이 쌓아 올라가는 태도야말로 계획을 달성하는데 있어 가장 중요한 점이다.

끝난 것은 끝난 것이 아니다

우리는 하지 말아야 할 것을 발견함으로써 해야 할
것을 발견하게 된다.

어떤 결말이 정해지면
그 결말로 마침표를 찍으려 하는데 사실 그것으로 끝난 것은 아
니다. 결말은 새로운 시작을 지정해 주기도 하고 더 나은 삶을
시도하려는 희망의 싹을 키워주기도 한다.

인생의 긴 구간을 따라가다 보면 우리는 여러 가지 일을 시작
하고 또 마감한다. 때론 내가 선택한 일이 적성에 맞지 않아 포
기하는 경우가 있고 적성에 맞아 정열을 불태웠는데 실패하기
도 한다.

성공의 원인과 실패의 원인은 작은 비교원인에 의해 나타난
다. 큰 차이에서 성공과 실패를 맛보는 것이 결코 아니다.

실패를 하였더라도 결코 희망을 잃어버려서는 안 된다. '이미

톱질이 끝난 톱밥을 다시 톱질할 수는 없다' 는 말이 있다. 과거는 톱밥과 같다. 이미 끝난 일을 근심하고 슬퍼하는 것은 톱밥을 다시 톱질하듯 소용없는 허망한 일이다.

우리는 성공보다 실패에서 더 많은 지혜를 배운다. 성공은 환경이 변하면 더 이상 현명한 교훈이 되질 않는다. 그러나 실패는 해답을 제시하고 그것을 찾아가게 한다. 우리는 하지 말아야 할 것을 발견함으로써 해야 할 것을 발견하게 된다. 깨달을 수만 있다면 모든 것이 다 교훈이라는 것을 잊어선 안 된다. 문제 중에 가장 큰 문제는 실패의 원인이 어디에 있었는지를 깨달아야 함에도 불구하고 하나도 깨닫지 못하는 것이다.

실패로 끝났다고 해서 끝난 것이 아니다. 거기서부터 새롭게 다시 출발하는 것이다. 그리고 다시 성공을 향해 부단히 달려가는 것이다. 실패를 두려워해서는 안 된다. 실패를 하고 싶지 않다면 딱 한 가지 방법이 있다. 그것은 아무것도 하지 않는 일이다.

실패를 생각하지 마라. 실패를 생각하는 순간 이미 실패한 것이나 마찬가지다. 일을 시작하기 전부터 겁을 내서 두려움을 가질 필요가 없다.

실패하는 사람의 특징은, 마치 벌레가 불에 타죽는 것을 생각하지 않고 무조건 불로 날아드는 것과 물고기가 위험한 줄 모르고 미늘에 달린 먹이를 덥석 무는 듯한 행동으로 일관하고 있다는 점이다. 이런 점만 보완해도 실패의 위험은 많이 줄어든다.

따지고 보면 실패를 두려워하는 가장 큰 이유는 성공에 대한 불확실성에 있다. 혹시 실패하면 어쩌나 하는 불안이 그것이다. 하지만 시작하기도 전에 실패할 것을 먼저 두려워한다면 세상에서 할 일이란 아무 것도 없다.

결과도 나타나지 않은 것을 미리 걱정해서 두려움을 가질 필요가 없다. 사람이 불확실한 일에 대한 걱정을 떨쳐버린다면 현실적으로 걱정할 일은 사실 그렇게 많지가 않다.

어떤 일이든 실패의 가능성은 분명 존재한다. 그것은 사실이다. 그러나 우리 몸 전체가 병 하나도 없이 완전히 건강할 수 없는 것처럼 성공을 하기 위해 벌이는 일 모두가 순탄하기만을 기대해선 안 된다.

실패를 실패로서 끝을 맺는 사람이 되지 마라. 실패 앞에 우는 사람이 되지 말고 실패를 하나의 출발점으로 이용할 수 있는 사람이 되라. 실패는 누구나 한 번쯤 할 수 있다. 실패를 한 번도 하지 않고 성공하는 사람이 되는 것은 좋은 일이지만 그게 말처럼 쉬운 일이 아니다.

탄탄대로를 걸으며 성공의 길을 가고 있는 사람도 어느 순간 실패를 맛보게 된다. 무조건 하는 일마다 성공할 수는 없는 일이다. 실패란 놈은 예고 없이 도처에서 기다리고 있기 때문에 한 번쯤 그 덫에 걸리게 된다. 어떠한 사람도 그 덫을 전부 피해 갈 사람은 신이 아닌 이상 없다. 중요한 것은 그 실패를 딛고 어떻게 일어서는가이다.

끝난 것은 절대 끝난 것이 아니다. 그 결론과 대항해서 분연히 일어 설 수 있는 마음가짐을 다져라. 그리고 희망의 탑을 쌓아라.

인생의 즐거움은 앞날에 대한 희망을 가지고 언제나 넘치는 젊음을 잃지 않는데 있다. 만약 희망이 없다면 노력도 없고 성공 또한 기약할 수 없다.

인생은 미루는 것을 허락하지 않는다

의미 없는 일로 시간을 허비하지 마라.
그건 너무 어리석은 일이다.

러스킨의 말처럼

'인생은 흘러가는 것이 아니라 성실로써 내용을 만들어 가는 것
이다. 하루하루를 보내는 것이 아니라 하루하루 목표를 만들어
가는 것' 이다.

인생이란 무엇인가? 그것은 설명으로 말해지는 것이 아니다.
성실한 태도로 살아가는 사람에게 저절로 알게 하는 것이다.

인생의 끝에 선 사람이 한결같이 생각하는 게 인생을 새롭게
다시 한 번 더 살아갈 수 있다면 하는 바람이다. 헛된 인생을 경
험하지 않는다는 것, 이것을 미리 자각할 수 있다면 한결 인생
을 충실하게 살아갈 수 있다는 것을 이 시기를 맞이한 사람은
누구나 알고 회한에 사로잡히게 된다.

청년은 앞을 내다보고 늙은이는 뒤를 돌아본다고 했다. 그러니까 젊은이는 미래를 보고 늙은 사람은 과거를 본다는 뜻이다.

현재에서 미래를 바라보는 여러분은 가장 소중한 보물을 간직하고 있는 셈이다. 사람들은 자신에게 주어진 인생의 시간을 어떻게 이용했느냐에 따라 미래가 결정되는 것인데 그러하기 때문에 시간을 아주 소중하게 여기고 허투루 허비해서는 안 된다.

오늘 할 일은 오늘로써 성실히 마감하고 또 내일을 준비하면서 내일의 시간을 맞이해야 한다. 오늘 할 수 있는 일, 해야 할 일을 마무리 하는 것이 바로 오늘의 과제이다. 그것은 앞날을 기약하는 한 알의 씨앗이다.

가장 큰 시간의 낭비는 할 일을 미루는 것과 내일을 기대하는 것이며 미래에 의지하는 데서 생긴다. 사람에게 주어진 시간은 누구에게나 공평하다. 줄일 수도 없고 늘릴 수도 없다. 매 시간을 어떻게 보내느냐 하는 문제에 자신의 가치가 달려 있다.

목적이 정해지면 지금 당장 실행하라. 망설일 시간이 없다.

벤자민 프랭클린은 시간에 대해 이렇게 말했다.

"그대는 인생을 사랑하는가? 그렇다면 시간을 낭비하지 마라. 왜냐하면 시간은 인생을 구성한 재료이니까. 똑같이 출발하였는데 세월이 지난 뒤에 보면 어떤 사람은 뛰어나고 어떤 사람은 낙오자가 되어 있다. 이 두 사람의 거리는 좀처럼 접근할 수 없는 것이 되어 버렸다. 이것은 하루하루 주어진 시간을 잘 이용했느냐 이용하지 않고 허송세월을 보냈느냐에 달려 있다."

내가 지금 공부할 시기를 살아가고 있다면 그 본분에서 시간을 아껴 노력해라. 그러면 분명 우등생이 될 것이다. 만일 내가 어떤 기술을 배우고 있으면서 시간을 아껴 노력한다면 분명 남보다 뛰어난 기술자가 될 것이다.

의미 없는 일로 시간을 허비하지 마라. 그건 너무 어리석은 일이다. 그렇게 허비된 시간을 좀 더 유용한 시간으로 바꾼다면 나의 발전에 얼마나 플러스가 될까? 답이 분명 나오는데도 그것을 실천하지 못하는 이유는 무엇일까? 나는 정말 알지 못하겠다.

신념의 나를 찾아라

아무리 크게 성공했더라도 실패한 사람을 비웃지 마라.
자기의 성공이 영원할 것이라고 누가 장담할 것인가!

인생에 대해서는
단호한 신념을 가져라. 이것이 여러분들에게는 매우 중요하다.
신념이 사라진 목표나 인생 설계는 결코 단단할 수 없다.

바람 부는 곳에 촛불을 놔두면 촛불은 금방 꺼지거나 흔들려
빛이 고르지 않다. 신념은 바로 촛불을 바람으로부터 막는 것이
다. 바로 그런 것이다.

또한 신념이란 끊임없이 되풀이하여 마음속에 자기가 이루고
싶은 상황을 그리면서 그 실현을 위해 기도하고, 노력하면 언젠
가는 그 꿈이 실현된다고 믿는 것이다. 신념이야말로 소망을 달
성시켜 주는 원동력이다.

인생에 대한 정확한 목표나 신념이 없는 것은 배가 지도 없이

항해하는 것과 다르지 않다. 인생을 살면서 마음에 드는 곳에 이를 수도 있고 끝내 가고자 하는 곳에 닿지 못하고 표류할 수도 있다. 그럴 때면 다시 마음을 가다듬고 나는 단연코 목적지를 찾을 수 있다는 신념으로 길을 떠나라.

나도 할 수 있다는 강한 신념을 자기의 의식 속 깊이 심어야 가능성이 열리는 것이다. 성공한 사람들을 보면 그들은 낙천적인 인생관과 굳은 신념을 간직하고 있었다는 사실을 잊으면 안 된다.

이 신념의 힘에 대해서는 수세기에 걸쳐 얼마나 많은 증언들이 나왔는가. 영웅과 위인은 물론이고 예술가, 사업가 등도 명예와 존경의 대상이 될 수 있었을 때까지 불우한 환경이나 핸디캡을 딛고 일어섰다. 거기엔 신념의 정신자세가 확고히 자리하고 있었다.

나는 꼭 성공할 사람이므로 성공하기 위해 무엇을 해야 할까 하는 현실적인 고민과 그것을 성취하기 위한 신념이 한데 어우러지면 그 방법이나 순서가 확실해진다.

신념은 사람을 움직이며 불가능을 가능으로 바꿔준다. 신념을 가지고 살아가는 사람의 열정은 무릇 남을 감동시키며 그 신념을 찾아 모여든다. 이보다 더 큰 자산이 있을 수 없다.

무엇인가에 미쳐 정열을 불태우면서 박력 있게 무엇인가에 맞서는 자세가 필요하다. 대체로 성공한 사람들에게는 반드시 남들보다 몇 배 더 끓어오르는 정열이 있다.

'정상에서 만납시다'의 저자인 지그 지글러는 신념의 힘과 성공에 대해 이렇게 말하고 있다.

"지독한 핸디캡에도 불구하고 성공을 거둔 사람들이 있다. 이런 사람들은 예외 없이 다음과 같은 말을 굳게 믿고 있다. 인간은 성공하도록 설계되고 만들어졌으며 바로 그 위대함의 씨앗을 부여받았다는 것을."

참으로 굳은 신념이다. 그리고 아무리 크게 성공했더라도 실패한 사람을 비웃지 마라. 자기의 성공이 영원할 것이라고 누가 장담할 것인가! 아무도 장담할 수 없는 일을 성공했다고 믿는 사람들은 행복한 시간 속에서 자기의 성공에 취해 행복해 한다. 그것은 축복받을 일이다. 그렇지만 성공의 정점에 서 있던 사람도 한 걸음에 추락하는 것을 자주 보았을 때 그 성공을 지키는 것이 상당히 어렵구나 하는 생각을 하게 된다.

성공은 실패와 그 괘를 같이 한다. 실패는 언제든 성공이란 이름을 실패라는 이름으로 개명시키려고 진드기처럼 바짝 달라붙어 떨어지지 않는다.

도전정신을 키워라

목표로 삼아 이룰 것은 바닷가에 깔린
조개껍질만큼이나 많다.

예술이든 문학이든
모든 분야에서 성공한 사람들은 한결같이 도전적 정신이 강했
던 사람들이었다.

예수는 선악에 도전하였고 베토벤은 음악에 도전하였으며 톨
스토이는 문학에 도전하였고 공자는 인의예지에 도전했다. 도
전 없이 이루고자 하는 것을 이룬 사람은 동서고금을 통해 하나
도 없었다. 이것은 부정할 수 없는 증명이 되어 우리들에게 커
다란 교훈을 남겼다.

도전하는 정신이야말로 성공의 에너지이자 근간이다. 도전은
근성이자 끈기이다. 목표를 설정하여 가는 사람들은 도전적 정
신에서 한 발도 물러서려 하지 않는다.

성공을 향해 도전하는 정신은 하나의 끈과 같다. 험한 바위를 타고 오를 때 몸을 지탱해 주는 단단한 밧줄과 같다. 상상해 보라. 맨손으로 바위를 기어오르는 것과 밧줄에 몸을 지탱해 오르는 것과 어떠한 차이가 생기는가를.

도전적 정신은 성공하기 위한 가장 강력한 무기이다. 성공의 기적을 이루었다고 평가받는 사람들의 면모를 살펴보면 거의가 이 정신에 속해 불굴의 투지를 보인 사람들이다. 도전적 정신이 강한 사람들은 여러 가지 부족한 여건도 이 정신으로 극복하고 돌파하여 업적을 쌓아나갔다. 그래서 성공한 사람들은 뭔가 달라도 다르다고 말해지는 것은 보통 사람들보다 도전적 정신이 강했다는 뜻으로 해석돼도 이상할 것이 없다.

미래를 쌓는 자만이 과거를 재판할 권리가 있다. 앞을 바라보고 하나의 커다란 목표를 내걸면 그것에 의하여 동시에 온전한 성숙을 거쳐 불가능한 것까지도 가능하게 하는 힘을 가진다.

용기를 가지고 목표에 도전하라. 인생은 기회로 가득 차 있다. 스스로 만들어낸 기회도 있고 신이 준 기회도 있다. 어느 것이든 그것을 잡는 것은 내 자신임을 잊지 마라.

목표가 뚜렷해야만 노력이란 것도 할 수 있다. 목표가 뚜렷하지 않은데 무엇을 위해 노력할 것인가?

목표를 세우는 것이 중요하다. 그것이 희미한 것이든 아주 선명한 것이든 간에 목표는 세워져야 한다. 목표가 내 인생의 그림을 그려내는 것이다. 용기 있는 행동이야말로 언제나 안전한 것이다.

문제는 많은 사람들이, 목표는 무조건 거창해야만 되는 것이라고 생각하는 것이다. 목표라는 것이 세상을 변화시키거나 커다란 결실을 이루어야만 되는 것으로 착각하고 있다. 그러다보니 자연 하찮은 것을 소홀하게 되고 웬만한 것은 성에 차질 않는다.

그러나 생각해 보라. 큰 것은 작은 것이 모임으로써 되는 게 아닌가. 작은 것도 취하지 못하면서 어떻게 단번에 큰 것을 이루겠다고 생각하는가. 이건 무리한 욕심이 아니던가. 근본적인 인식부터 새롭게 하여 목표를 세우고 도전하라. 너희가 목표로 삼을 것은 세상에 너무나 많이 널려져 있다.

목표로 삼아 이룰 것은 바닷가에 깔린 조개껍질만큼이나 많다. 그런 것을 모르고 바닷물에 가려진 깊은 곳에 있다고 생각하니 엄두가 나질 않는 것이다.

세 시간 이상 잠을 자는 사람은 성공을 꿈꾸지 마라

성공이란 꾸준히 노력하는 결과이며 실패란 두려움 때문에
좌절하는 경우에서 생기는 결과이다.

성공하려는 사람은
분명한 목표를 가지고 있어야 한다. 어느 분야에서든 성공한 사람들은 한결같이 쉬지 않고 자신의 목표를 향해 부지런히 노력했던 사람들이다. 성공한 사람들의 공통점은 밤낮을 가리지 않고 열심히 일했다는 사실이다.

아무 노력 없이 얻어지는 것은 세상에 없다. 노력이 없으면 제 아무리 많은 지식을 가졌더라도 쓸모가 없다. 소원과 목적이 있어도 그에 필요한 노력을 하지 않으면 좋은 환경에 있어도 그것을 이룰 수 없다. 아주 좁은 도랑도 다리를 움직이지 않고는 건널 수 없는 법이기 때문이다.

"성공하지 못한 사람들에게는 항상 게으름의 문제가 있다. 노

력은 결코 무심하지 않다. 그 만큼의 대가를 반드시 지급한다. 성공을 보너스로 가져다준다. 비록 성공하지 못했을지라도 깨달음을 준다. 성공하지 못한 사람들의 공통점은 게으름에 있다. 게으름은 인간을 패배하게 만드는 주범이다. 성공하려거든 먼저 게으름을 극복해야 한다."

카뮈의 이 말은 성공을 꿈꾸는 사람들에게 가장 큰 교훈이 될 수 있다.

세상에서 가장 큰 죄악중의 하나가 게으른 것이란 사실을 우리는 잊고 사는 것 같다. 게으르다는 것은 자기 발전의 정지를 의미한다.

오직 부지런해야 한다. 목표를 달성하기 위해선 졸린 눈을 비벼가며 정말 열심히 노력해야 한다. 놀 것 다 놀고 마냥 게으름을 피우면서 성공한 사람은 하나도 없다.

그리고 성공을 꿈꾸는 사람들은 그 성공에 대한 열정과 희망이 있어야 한다. 그것을 잃고서 성공을 꿈꾼다는 것은 불가능하다.

성공한 사람은 성공을 단번에 이룬 것이 아니다. 경쟁자들이 밤에 곤한 잠을 잘 때 그는 졸린 눈을 비비며 열심히 노력하고 자신의 일에 열중했기 때문에 성공이 가능했다. 성공의 일순간은 실패의 수년보다 빠르다는 것을 기억해 둘 필요가 있다.

사업에 성공한 어느 사업가는 '하루에 네 시간 이상 자는 사람은 바보가 아니면 축농증환자'라고 단언했다. 잠을 세 시간

이상 자지 않은 나폴레옹을 들먹이지 않더라도 성공을 하기 위해선 잠을 줄이고 노력해야 한다. 많은 잠을 자는 사람의 인생은 거의 인생 절반가량을 잠으로 허비하게 되는 것인데 그렇다면 세월이 너무 아깝지 않은가.

"인간이란 극단적으로 무엇인가에 열중하다 보면 반드시 그것을 좋아하게 되는 성질을 가지고 있다. 오히려 좋아지지 않는다면 그것이 이상한 것이다."

에디슨의 말이다.

어떤 일에 열중한다는 것, 자신에게 맡겨진 일에 열중한다는 것은 성공의 길로 가기 위해 없어선 안 될 절대적 요소이다. 성공이란 꾸준히 노력하는 결과이며 실패란 두려움 때문에 좌절하는 경우에서 생기는 결과이다.

어떤 구름도 뒷면은 밝다

살아가면서 어느 것이 확실한 것인가를 판단하기 힘들면
개연성이 많은 의견을 따라가라.

괴로운 일이, 자기 뜻대로
되지 않는 일이 오히려 보다 큰 발전과 성공, 행복에의 준비라
고 생각하라. 인생의 희망이란 항상 괴로운 언덕길 너머에서 기
다리고 있다는 것을 잊지 마라. 어떤 구름도 뒷면은 밝은 법이
다.

여러분은 아직 미완성의 단계이며 부족함이 많은 시기를 통
과하고 있다. 완성이란 불가능한 일이며 하나의 이상에 불과하
다고 세상은 말하지만 그렇다고 완성을 향한 발걸음을 늦출 순
없다.

그렇게 살아가면서 어느 것이 확실한 것인가를 판단하기 힘
들면 개연성이 많은 의견을 따라가라. 그것이 진리일 때가 많

다. 많이 밟은 길이 안전한 법이다.

사실 판단을 올바로 내린다는 것은 참으로 어려운 일이다. 올바른 판단이야말로 일의 성패를 결정짓는 가장 중요한 요소이지만 그것이 너무 어렵다.

그러나 올바른 판단을 요구하는 일들은 많은 경험과 지식과 용기와 예리한 이성이 있어야 하는 것이므로 이러한 조건이 충족되지 않았을 때는 앞에서도 말했듯이 개연성이 많은 의견을 따라가는 것도 현명한 방법 중 하나이다. 최선은 아니지만 차선의 선택으로서 권장할 만한 일이라고 생각한다.

독일의 저술가인 피터 드러커는 이렇게 말했다.

"결단을 내릴 때는 판단력이 필요하지만 용기도 있어야 한다. 약이란 것이 반드시 쓴 맛을 내야하는 것은 아니지만 대체로 좋은 약은 입에 쓴 법이다. 효과적인 결단이란 그리 유쾌한 일이 못 된다."

자기 생각에 자신이 없는 사람일수록 어떤 문제를 결단하려고 할 경우에 많은 사람들의 동의를 얻고자 한다. 그리고 보다 높은 확률을 구하기 위해 여러 가지 정보를 모으려 하지 않고 자기가 내리려고 하는 결단에 편리한 정보만을 구하려고 한다. 그러나 이러한 태도는 그 결단을 그르치는 원인이 된다.

모든 일에는 확고하고 명확한 결단이 필요하다. 그래야만 목표를 달성할 수 있고 인생을 성공으로 이끌 수 있다. 결국 마지막엔 자신 스스로가 결정하고 자신 스스로 헤쳐 나가야 한다는 것을 잊지 말아야 한다.

세상을 살아가노라면 나이에 맞게 판단을 해서 결정을 내려야 할 때가 많다는 것을 기억해라. 그 순간의 결정은 자기 인생을 바꿀 수 있는 중요한 순간임을 깨닫고 신중하되 자신 있게 행동하라. 어차피 내려진 결정은 그 결정을 수행하는데 목적이 있다.

우리는 발타자르 그라시안의 다음 말을 주목할 필요가 있다.

"겁쟁이는 길가에 서서 망설이나 용기 있는 사람은 길 한가운데서 용기 있는 결단을 내린다. 진정으로 용기 있는 사람은 무엇을 할 것인가 망설이는 것이 아니라 비록 어떤 계획이 완전하지 않더라도 주저 없이 결정하고 행동한다. 역사를 되짚어 보더라도 어떤 결정 앞에서 두려움에 떨었던 사람들은 그 시대 속에서 이름 없이 사라지고 말았다. 인생은 결정을 내려야 할 일들이 너무나 많다. 지금 행동하라. 그리고 그 후에 걱정하라. 행동하지 않는 것은 그대의 의지와 정신을 좀 먹는 암적인 저주임을 잊지 마라."

올바른 판단과 결단력이 요구되면 냉철한 이성과 용기가 필요하다.

어려운 것은 첫발이다

감당하기 어려운 일을 대하면 생각이 둔해지고
이제 모든 것이 다 막혔다고 생각하게 된다.

처음 시작이 미래의
모든 일을 결정한다. 그래서 시작을 할 땐 신중해야 한다. 대강
세운 계획표대로 움직여서는 좋은 결과를 얻기가 어렵다. 계획
한 일들은 시작할 때와 목적이 거의 이루어져 갈 때가 실패의
위험성이 가장 크다고 생각한다. 배가 먼 바다보다 육지와 가까
운 해변에서 잘 난파하는 것과 같은 이치이다.

어떤 일을 시작하여 실패를 했을 때, 원인은 자신에게 있음을
깨달아라. 절대 남을 탓해선 안 된다. 그릇이 작은 사람일수록
성공을 제 자랑으로 삼고 실패하면 남의 탓으로 돌린다. 그리고
실패에 대해 스스로를 괴롭히지 마라. 어떤 일의 실패를 자꾸
괴로워하는 것은 다음 일도 실패로 이끄는 원인이 된다는 것을

기억하라. 한 번의 실패는 그것으로 정리되어야 한다.

"위대한 것을 성취하려면 우리는 행동해야 하며 꿈을 꾸어야 한다. 그리고 우리는 계획하고 믿어야 한다."

이것은 프랑스의 소설가 아나톨 프랑스의 말인데 첫발을 내딛는 사람들이 꼭 기억해 둘 말이기도 하다. 아무런 계획 없이, 신중하지 못한 사람은 순조롭게 일을 진행할 수 없고 몇 걸음 가지 않아 험한 길을 만나 고생하게 된다. 아니 이건 내가 선택한 길이 아님을 알아차리곤 당황하게 되며 실패를 예감하게 된다.

언제 어떠한 일이라도 결과는 항상 정직하기 마련이어서 시작부터 결과에 이르는 과정이 계획되고 충분히 보완되지 않으면 안 된다.

무슨 일이든 손을 대어 시작한다는 것은 간단한 일이다. 그러나 그 일에 완전히 정신을 집중하는 일은 어렵다.

인생은 어차피 미지의 영역으로 가는 모험이다. 빛나는 생애를 보낸 사람들이나 거대한 성공을 이룩한 사람들, 미지의 세계를 탐험하고 돌아온 사람들은 모두 모험과 도전에서 싸워 이겨낸 사람들이다.

사람은 어려운 일에 처하면 비관적으로 사물을 보게 되고 순조로울 때는 낙관적으로 생각하게 된다. 감당하기 어려운 일을 대하면 생각이 둔해지고 이제 모든 것이 다 막혔다고 생각하게 된다. 하지만 그런 어려운 일에 닥쳤어도 열심히 궁리를 하면 길은 반드시 열리게 되어 있다.

삶을 성공으로 이끈다는 것은 누구에게나 쉽지 않다. 최선의 방법은 끈질긴 인내심과 자신에 대한 확신, 그리고 자신감을 잃지 않는 것이다. 남들도 다 해내는 일은 나도 해낼 수 있다는 긍정의 확신이야말로 가장 큰 자산이 된다.

그러나 모든 것을 이룬 뒤 조심해야 할 것이 있다.

큰 저수지의 둑이 무너지는 것은 처음 눈에 보일 듯 말 듯 하는 개미들의 움직임에서 비롯되는 것이라고 하지 않던가. 어떠한 문제든 조그마한 조짐으로부터 시작되어 크게 발전되기 때문에 방심해선 안 된다. 조그마한 움직임의 발견이 실패를 막는 정보가 된다는 것을 꼭 기억해 두어야 한다.

나는 성공할 것이라는 이미지를 키워라

인내력과 결단력으로 성공하겠다는 뜻만 굳다면
세상에서 못해낼 일은 하나도 없다.

노만 필의 말에 의하면

'인간이란 자기가 오랫동안 상상해 왔던 대로의 인간이 되기 쉽다'고 한다. 자기 자신을 어떻게 생각하고 있는지, 그 생각하는 바대로 실현되기 쉽다. 그러므로 열등감을 가지고 언제나 자기를 쓸모없는 인간이라고 생각하고 있으면 그 생각하는 바대로 되기 쉽다. 자기에게 얼마만큼의 능력이 있다고 생각한다면 그만한 능력을 가진 인간이 될 수 있다는 것이다.

이제 소극적이고 부정적인 생각을 지닌 채 잠자리에 들지 않도록 하자. 잠 속에 빠져들면서도 자기가 앞으로 성공할 때의 일을 머릿속에 그려본다. 그러면서 '나는 성공한다'라는 이미지를 키워 나가는 것이다.

성공의 비결이 있다면 그것은 목적을 향해 시종일관 앞으로 나아가는 것이다. 시작도 하기 전에 실패부터 생각하는 사람은 아무런 시도도 해보지 못하고 만다. 해보지도 않고 실패만을 두려워하는 사람은 바보이거나 비겁한 사람이다.

성공의 길에는 많은 인내를 요구하고 의지를 요구한다. 그래서 성공은 어렵다는 것이 분명하다. IBM의 창시자인 토마스 왓슨은 성공의 비결은 인내력에 달려 있다고 말한다.

"어느 것도 인내력을 대신할 수는 없습니다. 뛰어난 재능도 인내력을 대신할 수는 없지요. 우리 주위에는 재능은 있지만 성공하지 못한 사람들이 얼마나 많습니까? 뛰어난 두뇌도 인내력을 대신할 수는 없습니다. '실패한 천재'란 말이 있지요. 교육도 인내력을 대신할 수는 없습니다. 이 세상은 교육받은 낙오자로 넘쳐나고 있는데 오로지 인내력과 결단력만이 무엇이든 해낼 수 있는 힘인 것입니다."

그렇다. 인내력과 결단력으로 성공하겠다는 뜻만 굳다면 세상에서 못해낼 일은 하나도 없다. 뜻을 이루지 못하는 사람들은 흔히 사회가 자신에게 부당하다고 말한다. 과연 그럴까? 부당한 것은 사회가 아니라 그렇게 말하는 사람들이 부당한 것이란 것을 모른다. 사회란 스스로 원하지 않는 것을 결코 주지 않는 법이다. 필요한 방법을 찾고 계속적이며 인내 있는 행동이 걸맞게 따라야 비로소 원하는 결과를 얻는 법이다.

산은 산을 오르다가 힘들다고 중간에 쉬고 있는 사람에게 정복되는 것이 아니라 끝까지 인내를 가지고 땀을 흘리며 오른 사람만이 정복할 수 있다. 이 지극히 간단한 이치가 바로 성공의 조건에 포함된다.

성공을 한 마디로 정의한다면 '자신이 바라는 것을 잡는 것이다'라고 말할 수 있다. 그러나 성공도 크기가 있다. 물론 자신의 만족이 중요하지만 성공은 늘 발전시켜야 한다. 오늘 성공을 거두었으면 다음은 더 큰 성공을 꿈꿔야 한다. 하나의 성공은 좀 더 큰 성공으로 향한 새로운 시작점임을 잊어서는 안 된다.

사람은 누구나 성공을 꿈꾸며 살아간다. 그러나 충분한 성공이란 없다. 성공한 사람들의 대부분은 남들보다 몇 배 더 뜨거운 열정과 집념이 있다. 이대로 주저앉아 있을 수만은 없다고 하는 행동력이 몸에 배어있다.

실패로부터 성공을 찾는다

성공한 사람은 실패한 적이 없는 사람이 아니다.

성공에 이르는 두 가지

디딤돌이 있다면 나는 절망과 실패라고 본다. 왜냐하면 인간에게 실패로부터 배운 교훈보다 값진 교훈이 없다는 생각에서다.

사람은 어떤 일에 실패하면 그것이 마지막이라고 비관하고 또한 스스로 빠진 절망 속에서 고통스러워 하지만 분명한 것은 실패 어딘가에 희망의 싹은 여전히 자라고 있다는 사실이다. 실패한 사람의 경험으로 보면, 실패는 시간이 지남에 따라 잃어버린 것들에 숨어 빠른 회복이 나타나는 것을 느낄 수 있었다고 한다.

실패는 절대 두려워해야 할 공포의 산물이 아니다. 실패는 실패하기 전보다 더 풍부한 경험을 쌓음으로써 다시 시작할 수 있는 좋은 동기를 선사한다. 넘어져봐야 안전하게 걷는 법을 배우게 된다는 것을 명심하라.

그렇다고 실패가 꼭 긍정적인 모습만 보여주는 것은 아니다. 실패를 통해 무엇인가 얻게 되겠지만 그것이 반드시 성공의 길잡이가 된다고는 할 수 없다. 만약 실패가 성공의 길잡이가 된다고 한다면 실패 뒤에는 항상 성공이 따라야 하고 성공한다는 등식이 성립되어야 하는데 실제는 그렇게 되기가 쉽지 않은 것이 사실이기 때문이다.

그래서 실패 뒤에 성공하려면 전제되어야 할 것이, 실패를 거울삼아 같은 실패를 되풀이하지 않기 위해 열심히 노력해서 실패 원인을 뛰어넘어야 한다.

성공한 사람은 실패한 적이 없는 사람이 아니다. 오히려 수많은 실패를 거듭하면서 그 실패를 거울삼고 앞으로 한 발 한 발 꾸준히 앞을 향해 나아간 사람이다. 실패의 경험이야말로 결단력을 키워주고 일에 대한 정열을 불태우게 한다.

폰 몰트케는 실패에 대해 이렇게 말한다.

"나는 항상 젊은 사람들의 실패를 흥미롭게 지켜본다. 젊은 사람의 실패는 훗날 여지없이 성공의 토대가 되는 것을 알고 있기 때문이다. 실패한 뒤 뒤로 물러서며 포기했는가? 아니면 다시 일어서서 도전하였는가? 젊은 사람 앞에는 이 두 가지가 있는데 이 순간 어느 것을 선택했느냐에 따라서 그 사람의 생애가 결정된다."

한 마리의 개미가 한 톨의 보리를 물고서 담벼락을 오르다가 예순 아홉 번을 떨어지고 난 다음에야 성공하는 것을 보고서 용기를 내 적과 싸워 이긴 옛날 영웅의 이야기가 생각난다.

　성공을 위해 들려주는 많은 이야기들을 교훈으로 삼아 부단한 노력을 기울이고 도전적인 정신을 잃지 않는다면 성공은 그다지 어렵다고 보지 않는다. 분명히 말하지만 성공은 능력보다 노력에 달려 있다.

산다는 것은 좋은 것이다

산다는 게 좋다고 느껴지는 것은 곧
나는 행복하다고 말하는 것과 같다.

천당과 지옥이 저 세상에
있는지 없는지 나는 알지 못한다. 그러나 천당과 지옥이 이 세
상에 있다는 것은 분명히 믿는다. 행복과 불행이 나란히 평행선
을 달리고 있는 한 나는 어느 것이 천당이고 어느 것이 지옥인
지를 판단한다.

"나는 행복해."

"나는 불행해."

행복이란 외적인 조건에 의해 얻어지는 것이 아니라 자기의
마음가짐에 따라 얻어질 수도 있고 잃을 수도 있는 것이기 때문
에 행복이나 불행은 밖에서 여는 문이 아니라 안에서 여는 문이
라고 생각하면 된다. 무엇을 행복이라 하고 무엇을 불행이라고

생각하는 기준은 사람마다 다르고 기분에 따라 다르다.

산다는 게 좋다고 느껴지는 것은 곧 나는 행복하다고 말하는 것과 같다.

이 세상 사람들은 누구나 행복을 추구하고 있다. 그것이 권리이고 희망이다. 또한 사는 목적이기도 하다.

톨스토이는 행복과 불행에 대한 정의를 다음과 같이 내리고 있다.

"인간에게 행복과 불행이란 없다. 다만 있는 것은 어떤 상태와 어떤 상태의 비교뿐이다."

그것 또한 행복과 불행을 구분하는 일이지만 어찌 되었든 행복과 불행의 분기점은 나를 남과 비교함으로써 생겨나는 것만은 분명한 것 같다.

산다는 것보다 우위에 서는 것은 없다. 아무리 절망에 처해도 삶만은 포기해선 안 된다. 무조건 산다는 것을 전제하고 판단하라. 이보다 높은 가치가 없고 이보다 소중한 게 없다.

사노라면 굴곡이 있어 한없이 행복한 높이에 올라갔다가도 한없이 낮은 곳으로 추락하는 절망도 맛보게 된다. 행복만 있는 삶 없고 불행만 있는 삶 없다. 그래서 행복이든 불행이든 그것은 내가 짊어지고 가야 할 인생의 동반자라고 생각해야 한다.

천당과 지옥을 왔다 갔다 한다는 것은 행복과 불행 사이를 왔다 갔다 한다는 얘기일 수 있다. 그러나 천당과 지옥을 대비해 설명하는 것은 행복과 불행의 크기가 아주 컸을 때 해당되는 이야기이다. 가벼운 행복과 가벼운 불행을 맞이했을 때는 이런 표현이 성립되지 않는다.

"모래시계에 남은 마지막 한 알의 모래는 시간의 계산을 하고 있는 것이라 믿는가? 아니다. 그것은 점차 시간의 종말을 알리고 있는 것이다. 이와 마찬가지로 우리 생애의 마지막 호흡은 죽음을 만들어내고 있는 것이 아니라 삶의 종말을 고하고 있는 것이다. 세상에는 우리가 삶을 원하는 것보다 더욱 간절히 죽음을 원하는 사람도 있지만, 죽음은 때가 되지 않았는데 앞질러 구하기보다 때가 되었을 때 기꺼이 받아들일 일이다.

우리가 조금이라도 더 살고 싶어 하는 것은 무엇 때문일까? 그것은 목숨을 최대한 연장시켜 훌륭한 일을, 인간의 본분을 다하기 위해서다.

…죽는 사람은 먼저 죽은 사람의 흉내를 내는데 지나지 않다. 죽음에 대한 어두운 예상으로 말미암아 한평생 두려움에 떨고 있는 사람은 너무도 비참하다.

…인생은 마치 항해와 같으며, 인간은 뱃멀미 때문에 고통스러워한다. 또한 때로는 난파도 각오해야 한다. 언제 어디서 위험에 빠질지 모를 위험을 단단히 각오해야 한다. 난파가 항해 도중에 일어나건 나중에 일어나건 어차피 마찬가지이다. 죽음을 두려워하는 것은 어리석은 일이며 삶 자체를 두려워하는 것과 같다.

오늘 생명을 더 연장시키고 싶어 하는 사람은 백년 후에도 역시 좀 더 오래 살고 싶어 할 것이다. 문제는 자연이 우리 뜻에 따르느냐, 우리가 자연의 뜻에 따르느냐에 달려 있다. 결국 죽어야 하는 것이라면 일찍 죽거나 늦게 죽거나 별로 문제가 되지 않는다. 오래 사는 것은 운명이 할 일이며 짧은 생이라도 충분히 의의가 있게 하는 것은 도덕이 할 일이다."

세네카가 한 이 말들 속에서 우리가 발견해야 할 뜻이 있다면 그것은 무엇일까? 삶의 목적은 사는 것에 있고 죽음은 두려워해야 할 대상이 아니라 삶의 일부로 받아들여야 한다는 함의가 깔려 있다.

산다는 것은 좋은 것이란 철학을 염두에 두고 열심히 살자. 행복한 단면을 쳐다보면서 불행한 그림자를 지워버리는 태도가 진실한 삶이라고 정의하고 싶다.

시간을 아껴라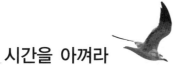

해가 비출 동안에 마른 풀을 만들어야 하는 것처럼
지금 공부해야 할 시기라면 열심히 공부해야 한다.

흘러간 물로 과연 물레방아를 돌릴 수 있겠는가.
모든 일에는 타이밍이 있고 기회가 있는 것이다. 시간을 아껴
라. 이미 흘러간 물을 되돌릴 수 없듯이 지나간 시간을 되돌릴
수도 없다. 시간을 아끼고 지배하는 자만이 성공을 만들 수 있
고 그 성공이 허용하는 기쁨을 누릴 자격이 있다.

해가 비출 동안에 마른 풀을 만들어야 하는 것처럼 지금 공부
해야 할 시기라면 열심히 공부해야 한다. 날씨가 흐리고 비가
내리는 날에 건초를 만들려 하는 우를 범해서는 안 된다.

잃어버린 시간은 다시 찾지 못한다. 시간은 그저 지나가는 것
이 아니라 그 시간에 따라 우리가 해야 할 일을 몰고 가는 것이
다. 사람이 성공하느냐 못하느냐 하는 차이는 그 시간을 헛되이

보내지 않고 어떻게 의미 있는 시간으로 만들어 그 시간을 지배하느냐에 있다. 그 시간을 어떻게 유용한 시간으로 만드느냐에 있다.

'인생은 우리가 채 알기도 전, 이미 반이 지나가고 없다'는 말이 있다. 지금 이 시간을 잃어버리면 모든 시간을 잃어버린다.

인생은 짧다. 머뭇거릴 시간이 없으며 자신을 탓하면서 가슴을 칠 시간이 없다. 가슴을 칠 정도로 후회되는 일이 있으면 지금 당장 그러지 않으면 된다. 이 정도의 행동만으로도 찬양할 만하다.

다음은 제임스 해밀턴의 말이다.

"만일 그대가 해변에 가보았다면 파도치는 모래사장에 이름 없는 식물들이 흐느적거리는 줄기를 뻗치고 있는 것을 본 적이 있었을 것이다.

이들의 삶은 매우 단조롭다. 몇 년이고 모래사장에 뿌리를 내리고 물이 차면 줄기를 뻗친다. 그러다가 다시 물이 빠지면 줄기를 눕혀 생명을 연장시킨다.

만일 그대가 그런 식물이라면 어떨까. 비참한 생각이 들지 않을까? 목숨을 잇기 위해 먹고 자는 일 외에는 아무 것도 할 수 없는 그런 생활을 견딜 수 있을까?

그대에게 묻고 싶다. 지금 그대는 해변에서 흐느적거리기만 하는 식물보다 나은 삶을 살고 있다고 자신 있게 말할 수 있는가? 혹시 그대들은 변화무쌍한 일들이 수없이 벌어지는 스스로의 삶을, 단지 물이 들어왔다가 빠질 뿐인 해변으로 착각하고 있지는 않은가. 하루하루를 덧없이 보내고 문득 생각해 보니 발전한 것이 없어 가슴만 치고 있는 것은 혹시 아닌가? 스스로 생각해 보라."

정말 스스로 생각해 보라. 의미가 있다. 늘 반성하는 태도와 변화하려는 생각과 시간을 아끼려는 착실한 마음이 있으면 그 어떠한 일도 이루어낼 수 있는 것이 바로 인간의 힘이다. 그러함 때문에 인간을 위대하다고 말하는 것이며 만물의 영장이라고 하는 것이다.

개성은 재능으로 발견된다

인간은 누구나 기본적인 바탕 위에 여러 가지
재능의 씨앗이 심어져 있다.

에디슨이 초등학교에
들어갔을 때 그곳에는 에디슨이 생각하지 못했던 질서가 존재
하고 있었다. 바로 아이들이 선생님의 지시에 따라 똑같은 말과
똑같은 행동을 따라 하고 이를 매일 되풀이 하는 것이다. 아마
여러분들이 초등학교에 처음 들어갔을 때의 수업환경을 떠올리
면 대강 짐작이 가는 그런 풍경들이다.

에디슨의 생각에 이런 것들은 이해되지 않았고 자연 흥미가
없어 그저 멍하니 수업시간에 창밖만 바라보고 있었다. 선생님
이 아무리 주의를 주어도 에디슨의 행동에는 변함이 없었다. 결
국 그는 '수업을 따라 갈 수 없는 저능한 아이'로 인정되어 퇴
학을 당하게 된다.

하지만 이런 사태에 대해 에디슨의 어머니는 놀라지 않았다. 왜냐하면 학교 선생님의 생각과는 달랐기 때문이다. 이미 어려서부터 자기 아들의 비범함과 개성 있는 재능을 발견했던 그녀는 혼자 아들을 교육시키기로 다짐했다. 그러자 점차 시간이 흐르면서 에디슨의 머리는 가장 빠르고 우수하게 회전되기 시작했다. 왜라는 끝없는 의문부호가 그의 머릿속에서 활발하게 움직이기 시작했다. 그 움직임은 새로운 것들을 만들어내기에 이르렀다.

이로부터 세계에 기술혁명을 가져온 대발명가가 탄생하는 계기가 마련되었다.

어떠한 재능이든 사람마다 종류는 다를지라도 누구나 갖고 있다고 나는 굳게 믿고 있다. 재능이 없다고 하는 것은 무엇이 없는 것이 아니라 무엇인지를 모르고 이를 계발하지 못했기 때문이다.

재능을 발견하는 일이 중요하다.

실낙원을 쓴 밀턴은 장님이면서도 남보다 뛰어난 시를 쓸 수 있었고 베토벤은 귀머거리였으면서도 불후의 명곡들을 작곡하였으며 헬렌 켈러는 눈과 귀와 말을 못하는 벙어리였으면서도 놀라운 생애를 이룩하였던 것 아닌가.

나의 재능이 무엇인가를 생각해 보라. '나는 아무 것도 할 수 없다. 재능이 없어.' 라는 고정관념에 사로잡히지 말고 자신이 세운 목표를 향해 달려가라. 능력이란 노력에 비례하여 나타나는 것이기 때문에 어려울 것이 없다.

인간은 누구나 기본적인 바탕 위에 여러 가지 재능의 씨앗이 심어져 있다. 이를 어떻게 발견하고 계발하는가가 중요하다. 그 철학이 초등학교 1학년을 중퇴한, 학력 제로에 가까운 인물이면서도 1천 2백여 가지의 대발명을 이룩케 한 원동력이 되었다.

자신에게는 재능이 없다고 단정해 버리고 의욕상실 속에서 인생을 허비하는 사람이 의외로 많다. 그들은 왜 자기에게는 재능이 없다고 단정 짓고 있는 것일까? 아무 것도 시도해보지 않고서 말이다.

무슨 일이든 해보겠다고 생각하는 것은 너무 소극적이고 무슨 일을 할 수 있는가? 하는 의문 속에서 자신의 재능을 찾아보도록 해야 한다.

인간의 재능은 무한하다. 우수한 전자두뇌도 그 두뇌가 수용하고 기억하는 능력에는 한계가 있다. 진공관의 수나 정밀한 부품들에 의해서 그 능력이 결정되는 것이므로 결코 무한하지 않다. 그러나 인간의 재능은 무한하게 뻗어나갈 수 있다. 왜냐하면 인간에게는 14억 개라는 어마어마한 뇌세포의 부품이 있기 때문이다.

배움은 반드시 필요한 것이다

독서의 또 다른 즐거움은
'내가 틀렸다는 것을 깨닫는 것'이다.

학문을 익히는 시기에

학문을 익힌다는 것은 지극히 당연한 일이고 해야 할 일이다. 우리가 학문을 익히고 독서하는 것을 중요하게 생각하는 것은 그것들이 생각과 판단의 전 단계에 해당하기 때문이다.

'인생의 일곱 계단'을 쓴 에드워드 멘델슨은 독서의 또 다른 즐거움은 '내가 틀렸다는 것을 깨닫는 것'이라고 말했다.

단순한 사람일수록 많은 것을 알고 있고 많이 배운 사람을 숭배한다. 그러나 더 현명한 사람은 배운 것을 실제 사용하는 사람으로서 학문을 지혜롭게 이용하는 사람이다.

우리가 살아가노라면 순간순간 다양한 종목을 판단하게 되고 그 판단이 어떠하냐에 따라 성공하기도 하고 실패하기도 하기 때문에 배움의 중요성을 논하게 된다.

젊어서 습득한 학문은 나이가 들어서 어쩜 평생 지혜로운 삶을 살게 하는 요소가 된다. 여기에 따르는 것이 또한 올바른 행동이 아닐까 싶다. 학문을 익히는 것이 바로 올바른 삶을 살게 하는 중요한 요소가 되기 때문이다.

알렉산더 대왕에게 당신의 잘난 점을 말해보라고 한다면 그는 망설이지 않고 전 세계를 정복한 것이라고 대답할 것이다. 소크라테스에게 당신의 잘난 점을 말해보라고 한다면 그는 사람들에게 사람의 모습이 무엇인가를 말하였다고 대답할 것이다.

그래서 몽테뉴는 '사람의 가치라는 것이 높은 곳에 다다르는 것이 아니라 올바른 행동에 있으며 그보다 참된 학문이란 있을 수 없다'고 말했던 것이 아닐까? 바로 이 점을 기초로 두고 학문을 익히길 바란다.

그러나 학문도 참된 학문이어야 한다. 더 나아가 인류사회에 기여할 수 있는 학문의 선택이라면 더욱 좋겠다. 타인의 삶의 질을 끌어올리고 타인의 삶의 방식을 올바르게 인도할 수 있는 학문이라면 더더욱 좋겠다. 그것이 곧 내 삶의 질이 되고 내 삶의 이유가 되며 사회에 공헌할 수 있는 일이 되기 때문이다.

모든 인류에게 가장 공통적인 것은 배우고자 하는 욕망과 배워야만 하는 당위성이다. 그래서 아이가 조금 성장하면 초등학교에 들어가고 단계적으로 중학교 고등학교 대학교, 또 그 이상의 학문을 습득하는 것이다. 그 단계가 높이 올라갈수록 성공하는 길에 가깝고 남들로부터 존경의 대상이 되기 쉬우며 남들과 차별 있는 삶을 살게 되는 경우가 많다.

배움을 원하는 사람들의 공통점은 배움을 통해 열린 사고와 탐구정신을 깨우치려 한다는 점이다. 세상을 넓게 바라보고 사물의 이치를 깨닫고 왜 사는가에 이유를 부여하고 인간의 한없는 이해력을 높이고 싶어 한다. 이것이 배움을 등한시하는 사람들과의 차이점이다.

생각하는 것과 행동하는 것은 다른 일이다

사람이 만족할 수 있는 완성의 경지는 없다.
그것은 하나의 도표 이상에 불과하다.

모든 행동에는 목적이 있고

목적에는 이를 달성하기 위한 계획이 있다. 그 행동 효과는 얼마나 계획이 치밀했느냐에 따라 다르게 나타난다. 합리적이고 치밀하게 짜인 계획일수록 성공 확률이 높고 별다른 계획 없이 즉흥적으로 행동하면 실패로 끝날 확률이 높다.

"무엇을 해야 할 것인가를 알고 있다면 주저하고 두려워할 것이 없다. 목적이 뚜렷하거든 뒤돌아보지 말고 만족한 마음으로 그 목적을 향해 전진하라. 그러나 목적이 뚜렷하지 않다면 잠시 멈춰 서서 가장 훌륭한 사람들의 충고를 들어라. 그리고 어떤 일이 그대의 앞길을 가로막으면 사태를 냉정히 고찰하고 정의로운 원리를 지키면서 그대의 능력에 맞춰서 전진하라.

목적을 달성하는 일이 가장 좋은 일이고 실패한 때에도 적어도 목적을 위해 최선을 다한 실패를 하라. 세상의 모든 일에 있어서 성공만 이루어지는 것이 아니기 때문에 실패가 그대의 것일 수도 있다. 그러나 실패한 뒤에도 더욱 활동적이고 쾌활하면서도 침착하게 또다시 목적을 향한 길로 전진하라.

실패를 두려워 말라. 남들이 비난한다고 해서 정의롭고 올바른 행동이 달라지는가를 생각하라. 달라지지 않을 것이다.

그대는 성공 뒤에도 실패 뒤에도 잊지 않았으리라.

그대가 무슨 일을 하고 무슨 일을 꾀했으며 무엇을 추구했던가를 잊지 않았으리라. 그대에게 있어 가장 귀중한 부분은 그것이었다."

이것은 아우렐리우스의 말이다.

인생의 목적은 사업이든 학문이든 간에 끊임없는 전진에 있다고 믿는다. 앞에는 산이 가로막고 강이 있으며 울퉁불퉁한 길도 있다. 걷기 좋은 길만 있는 것이 아니다.

먼 곳으로 항해하는 배는 반드시 풍랑을 만나게 되어 있다. 풍랑을 피해 갈 수 있는 배는 짧은 거리를 항해하는 배이다. 풍파를, 앞을 향해 나아가기 위해선 꼭 필요한 친구라고 생각하지 않으면 고통과 두려움만 더 무겁게 짊어지게 될 뿐이다.

항해의 단조로움을 피하기 위해서 풍파를 친구로 생각해야 하는 것이 아니라 필연적으로 만나게 되어 있기 때문에 운명적인 만남을 친구로 삼지 않으면 안 된다.

사람이 만족할 수 있는 완성의 경지는 없다. 그것은 하나의 도표 이상에 불과하다. 사람은 희미하게 보이는 그 이상을 좇아 갈 뿐이다. 얼마만큼 도표에 다다르느냐가 인생의 관건으로서 성공도 도표의 높낮이에 따라 인정된다.

게으른 놈은 저녁때가 바쁜 법이다

어떠한 일이 있어도 게으름은 버려야 할 것 중
가장 먼저 버려야 할 것이다.

악덕 중에서 가장 큰
악덕이 있다면 그건 분명 게으름이다. 게으름을 능가하는 것은
세상에 하나도 없다. 게으름은 모든 것을 정체시키면서 활력을
죽인다.

게으른 놈은 저녁때가 바쁜 법이다. 남들이 가장 크게 활동할
시간에 잠만 자다 남들이 일을 끝낼 시간에 즈음하여 그때서야
몸을 주섬거린다. 그것도 생산적인 활동을 하려는 것이 아니라
놀러 나가기 위해 몸을 움직인다.

인생의 결정적 원인을 몰고 오는 것이 게으름이다. 잘못된 모
든 원인은 게으름에서부터 출발한다고 보면 된다. 반대로 부지
런함을 이길 것은 세상에 하나도 없다. 부지런함은 노력의 동의

어이다. 남보다 일찍 길을 떠난 사람이 목적지에 일찍 도착하는 법이다.

부지런하라고 말하면 게으른 사람은 대개 알았다고 대답한다. 그러나 이내 역시 게으른 동작이 깔린다. 이는 게으름이 습관으로 몸에 배었기 때문이며 게으름이 부지런함을 이기고 있기 때문이다. 이건 심각하게 고민해야 할 일이다.

시간의 중요성을 깨달아 가는 오늘날, 아침 일찍 일어나는 사람이 그렇지 않은 사람보다 성공할 확률이 높은 것은 지극히 당연한 일이다. 그 사람의 하루는 일찍 일어나는 시간만큼 더 늘어나고 그 시간을 더 이용할 수 있기 때문이다.

사람들은 아침에 일찍 일어나는 습관을 가지지 못했던 것을 후회하면서도 좀체 이를 고치지 못한다. 그러나 이런 습관을 바꾸는데 대단한 노력이 필요한 것은 아니다. 간단히 말하자면 일찍 일어나기만 하면 되는 것이다.

아침에 일찍 일어나는 습관은 일생 중 어느 시기에도 익힐 수 있다. 물론 습관을 익힌다는 것은 의지가 필요한 힘든 싸움임에는 틀림없다.

'행복을 부르는 마법의 법칙'을 썼던 존 토드는 이렇게 말했다.

"이 세상에서 무언가를 이루고 싶다면 먼저 좋은 습관부터 길러라. 습관은 세상 무엇보다 귀중한 것으로서 만약 돈을 주고 좋은 습관을 살 수 있다면 아무리 비싸도 절대 비싼 것이 아니다."

아침에 일찍 일어나는 습관을 들이려는 사람은 가장 먼저 잠의 유혹을 강하게 뿌리쳐야 한다. 습관을 바꾸기 위해선 처절한 자기와의 싸움이 필요하다. 잠의 유혹은 처절하게 그대의 의지를 꺾으려 하기 때문이다. 가장 좋은 방법은 무조건 시간을 정해 무조건 눈을 뜨는 것이다. 자명종을 이용해도 좋고 남의 도움을 받아도 좋다. 첫 싸움만 이기면 그 다음은 매우 간단한 일이 된다.

시인 휘트먼과 각별한 우정을 나누었던 박물학자 존 버로즈는 습관에 대해서 이렇게 말했다.

"습관을 고치기 위해서 오늘 열심히 노력했다면 내일은 오늘보다 조금 덜 노력해도 된다. 그러면서 그것을 계속하면 어느 순간 그것이 싫지 않게 느껴지고 이후로는 점차 즐겁게 할 수 있다. 아침 일찍 일어나는 것이 힘들고 귀찮더라도 참고 계속하다보면 당연하고 즐거운 것이 될 것이다. 나의 친구 휘트먼도 지금 몸에 배인 나쁜 습관을 고치려고 안간힘을 쓰고 있는 중이라 애처로운 생각이 든다. 하지만 나는 알고 있다. 그도 점점 나아지고 있다는 것을."

어떠한 일이 있어도 게으름은 버려야 할 것 중 가장 먼저 버려야 할 것이다. 게으름이 습관화 되어 있으면 가치 있는 인생을 살고자 하는 바람을 버려야 한다.

단언하건대 사람의 정신 속에서 가장 나쁜 것은 게으름이다.

게으름이 한 번 머리를 쳐들면 힘찬 정열도 한꺼번에 삼켜버린다. 게으르게 살다가 살아본 적이 없는 사람처럼 무의미하게 죽어가는 것을 나는 우려한다.

　게으른 사람은 평생을 죽어서 사는 셈이다. 젊어서 게으름뱅이는 늙어서 비렁뱅이가 된다고 했다. 게으른 사람이 행복하게 사는 것을 나는 아직 보지 못했다. 어릴 때의 습관이 평생 가는 법이다. 좋은 습관은 좋은 학식을 얻는 것보다 더 중요하다.

자기의 길을 찾아 살아간다는 것

성공과 행복은 어느 날 갑자기 가지려 한다고 해서
가져지는 것이 아니다.

사람은 저마다 자기의

기질이 있고 살아가는 방법이 있다. 어떠한 관계의 사람도 살아
가는 방법이 같을 수 없다. 그러나 자기 뜻대로 살아가는 것은
자유이겠으나 한 가지 방법만을 택해 살아간다는 것은 자신을
노예화시키는 일이므로 좋은 방법이 아니다.

사람들은 일이 뜻대로 되지 않을 때에 자신의 능력을 탓하곤
한다. 그러나 이는 어쩜 지극히 자연스런 일이다. 뜻을 세우고
이를 실천한다는 것은 그만큼 어려운 일이기 때문이다. 웬만해
선 잘할 수 없다는 것이 오히려 인간적인 것이다.

나는 누구인가?

그 의문부호 앞에서 자신을 인생의 거울에 비쳐보아라. 나는

누구이며 이 세상에 태어난 목적이 무엇이며 한번뿐인 인생을 어떻게 살다 갈 것인가 하는 물음에 가장 이상적이고도 합당한 답을 만들어내라. 이것이 지금 내가 해야 할 숙제이자 명제이다.

"바람이 가로지르는 낮은 골짜기와 언덕, 그리고 눈에 덮인 정상은 사람들이라면 누구나 가보고 싶어 하는 길이지만 위험하고 험준한 길을 거쳐야 한다. 숲 속에서 길을 잃을 수도 있고 낭떠러지에서 떨어질 수도 있으며 거센 비바람을 맞아 중도에 쓰러질 수도 있다. 확실히 좋은 길이란, 사람들이 편하게 다니는 길, 언젠가 가본 적이 있는 위험이 덜한 길이다. 우리는 그 길을 택하려고만 한다.

우리가 쉽게 택하는 길은 평탄한 길로서 많은 사람들이 찾는다. 이 길은 그저 앞사람이 가는 대로 터벅터벅 따라가기만 하면 된다. 그것은 바로 돈과 권력, 쾌락을 좇는 일이다. 그러나 그런 것들은 많이 가지면 가질수록 목마름만 더해 갈 뿐이며 우리의 가슴은 늘 채워지지 않은 채로 공허함만 쌓여 갈 뿐이다.

성공과 행복은 어느 날 갑자기 가지려 한다고 해서 가져지는 것이 아니다. 자신의 능력을 최대한 계발하고 노력할 때 자연히 따라오는 것이다. 그러나 우리가 잘못된 길로 들어선다면 세월은 흘러 흔적도 없이 사라져 버릴 것이다. 시간이 갈수록 우리는 잊힌 꿈과 재능과 이상에 대해서 이야기하는 횟수가 줄어들 것이며 이런 암묵적인 합의가 주위 사람들의 꿈과 재능과 이상을 잊어버리게 할 수도 있다.

쇼펜하우어가 말한 것처럼 삶은 꿈과 멀어질수록 지루하고 똑같은 일상의 반복으로 추락하고 만다. 사람들은 세월이 피부에 주름을 남긴다고 한다. 그러나 꿈과 재능과 이상을 잃어버리면 영혼에 주름이 생기게 된다.

우리는 많은 돈을 벌고 이상을 좇아 그 이상을 실현시킬 수 있다. 하지만 우리의 내면에 남겨질 공허와 갈망은 쉽사리 없애기 어렵다."

마이클 린버그가 한 이 말에서 우리가 찾아야 할 것은 무엇인가? 그의 말은 우리가 가야 할 길과 내면에 간직하고 있어야 할 이상이 무엇인가에 대해 잘 설명하고 있다.

비전을 가져라

비전을 가져라. 젊다는 것은 야망을 품고
그것에 도전하여 성취하는 것이다.

확실한 비전을 가지고 있는
사람은 그것을 이루기 위해서 혼신의 힘을 다하지만 비전을 갖
고 있지 않은 사람은 인생을 맥없이 살다가 허무하게 마치게 된
다.

비전이란 멀리 보고 길게 내다보는 능력이다. 즉 미래에 대한
구상을 말한다. 비전이 있어야 한다는 말은 살아가는 분명한 목
표를 두고서 그것을 성취하기 위해 열심히 노력하는 자세를 말
하며 보통 사람들이 가까운 부분만 보고 한 부분만을 보는 것과
는 차이가 있다.

불타는 정열이 있으면 적극적인 행동을 보이게 되고 주저함
이 없어진다. 적극적인 행동을 취하게 되면 자연히 자신감이 차

고 미래에 대한 비전이 확실해지며 희망이 솟아난다.

비전을 갖지 않은 사람은 앞을 보는 것이 아니라 백미러를 보는 것처럼 과거에 얽매어 앞을 향하지 못하고 있다.

비전은 미래다.

사람들을 크게 구분하자면 과거를 보는 사람, 현재에 머물러 있는 사람, 그리고 미래를 향하는 사람이 있다. 과거를 보는 사람은 현재가 불투명하고 실패한 사람이 대부분이다. 절망에서 과거에 좋았던 부분들을 회상하고 그리워하며 눈물 흘리는 사람이다. 희망을 잃고 있는 사람이다. 과거에 어떠했다고 말하는 사람치고 현재 올바른 위치에서 살아가는 사람을 나는 보지 못했다. 실패했거나 목표가 상실되어 현재를 힘없이 살아가는 그런 사람들이다. 그들만이 과거를 찬양하듯 말한다.

현재의 사람은 조그마한 것을 성취하고 현재의 자신에 만족하는 사람이다. 더 큰 비전을 갖지 못하며 현재에 자족하고 자신의 한계 도달점에서 이나마 다행이라고 미소 짓는 사람이다.

미래를 향하는 사람은 과거보다는 현재, 현재보다는 미래에 더 큰 야망을 품고 정열을 가득 품은 사람이다. 자신의 능력을 믿고 모든 것을 이룰 수 있다는 도전적 정신이 강한 사람이다. 이런 사람에게는 굴절된 의식이 없다. 수직으로 하늘을 향해 높이 솟아오르려는 강한 의지와 신념이 있는 사람이다. 세상은 이런 사람들에게 찬사를 보낸다. 그리고 세상의 질서를 맡기려 한다.

비전을 가져라. 젊다는 것은 야망을 품고 그것에 도전하여 성취하는 것이다. 젊은이들에게는 그것을 이룰 용기가 있고 능력이 있으며 노력의 줄기가 길게 뻗어 있다.

비전은 건축의 설계도와 같다. 큰 건물일수록 설계도는 커질 수밖에 없고 아름다운 건축물로 승화시키려면 설계도는 더 세밀해야 한다. 바다를 힘차게 항해하려면 바다의 지도가 필요하다. 풍향을 잘 견뎌야 하고 파도도 헤쳐야 한다.

쉽게 이루어지는 것은 없다. 하지만 마음먹기만 하면 세상에 이루어지지 않을 것은 하나도 없다. 모든 것이 인간의 능력 안에 있다. 다만 전제되어야 할 것은 확실한 비전을 가져야 하며 거기에 분명한 노력이 있어야 하며 모든 행동 하나 하나가 열정으로 나타나야 한다는 사실이다.

나는 미래에 어떤 사람으로 성장해 있을 것인가를 꿈꿔라. 그리고 그렇게 될 수 있음을 믿어라. 지금 이 순간, 나의 비전을 꿈꾸지 않는다면 나의 미래를 가질 수 없다. 원대한 이상과 힘찬 노력으로 지금의 문턱을 넘어가라. 그 문턱을 넘어가는 순간 세상의 환한 햇살이 그대를 반길 것이다.

빛을 향해 걸어가라. 그늘 속에 숨지 말고 떳떳하게 어깨를 펴고 당당하게 걸어가라. 그 힘찬 행군이야말로 그대들이 걸어야 할 발걸음인 것이다. 그대들 비전의 완성인 것이다.

젊다는 것은 희망의 재료이다. 그것으로 완성의 틀을 만들고 더 높은 이상의 탑을 만들게 되기를 나는 바란다.

좋은 친구가 있다는 것은

모든 사람에게 친구인 사람은 누구의 친구도 아니다.
친구라는 것은 귀한 존재다.

사람은 항상 친구를
가지고 있어야 하고 또한 새로운 친구를 사귀어야 한다. 친구를
얻는 유일한 방법은 내가 남의 친구가 되는 것이다.

우리는 어디에 가더라도 우리가 찾고 있는 사람을 찾게 된다.
즉 나쁜 사람을 찾게 되면 나쁜 사람을 만나게 되고 좋은 사람
을 찾게 되면 좋은 사람을 만나게 된다. 어느 방향으로 가든 그
건 정해져 있다.

그렇다면 기왕에 찾아야 할 친구라면 좋은 친구를 찾는 것이
좋고 성공한 친구를 사귀는 것이 좋지 않겠는가. 나는 그렇게
생각한다. 대개 공부 잘하는 친구를 둔 학생이 더불어 공부를
잘 하는 경우가 많은 것을 보면 결코 틀린 말이 아닐 듯싶다.

"친구를 갖는다는 것은 또 하나의 인생을 갖는 것이다."

발타자르 그라시안의 말이다.

우정은 자주 물을 주어야 하는 식물이다. 물을 주고 꽃을 가꾸듯 아름다운 우정을 쌓는 일이 매우 중요하다.

친구를 사귀고 또 그들과 우정을 나누면서 현재 위치보다는 장래를 내다볼 줄 아는 안목을 키우는 것이 중요하다. 그리고 자기 계발을 위해 힘쓰는 그런 친구가 내 앞길에 많은 도움을 줄 수 있다는 것을 기억해 두기 바란다.

모든 사람에게 친구인 사람은 누구의 친구도 아니다. 친구라는 것은 귀한 존재다. 그러기에 이 사람, 저 사람 찾아다니면서 아무나 친구로 사귀는 사람을 친구로 둔다는 것은 바람직하지 않다.

친구의 조건으로서는 어떤 일이 있어도 상대방을 배신하지 않는다는 것도 중요하지만 설령 배신을 당했다 해도 그래도 믿어지는 친구일 것이다. 그러한 친구의 우정이 없다면 일생을 살아가면서 매우 쓸쓸한 일이다. 서로 믿고 의지할 수 있는 친구를 만들도록 노력해야 한다.

지금 내가 어떤 친구를 사귀고 있는가에 따라 향을 싼 종이가 될 수도 있고 생선을 싼 종이가 될 수도 있다.

다음은 법구경에 나오는 말이다.

어느 날, 부처님이 '기사굴' 산에서 돌아오다가 길에 떨어져 있는 종이를 보고 비구를 시켜 그것을 줍게 하곤 그것이 어떤 종이냐고 물었다. 비구는 그 종이를 코에 갖다 대고 냄새를 맡더니 이렇게 말했다.

"이 종이는 향냄새가 나는 것으로 보아 향을 쌌던 종이입니다."

부처님은 말없이 발걸음을 옮기다가 이번엔 길에 떨어져 있는 새끼줄을 보고 그것을 줍게 하더니 이건 무엇에 썼던 새끼줄이냐고 물었다. 그러자 비구는 이번에도 새끼줄을 코에 갖다 대고 냄새를 맡아보더니 말했다.

"비린내가 나는 것으로 보아 이것은 생선을 엮었던 새끼줄입니다."

이에 부처님이 말했다.

"사람은 원래 깨끗한 것이지만 모두 인연을 따라서 죄와 복을 부르는 것이다. 어진 사람을 가까이 하면 도덕과 의리가 높아지고 어리석은 사람을 친구로 하면 재앙과 죄를 부르게 된다. 저 종이는 향을 가까이 해서 향이 나지만 저 새끼줄은 생선을 가까이 해서 비린내가 나는 것과 같은 것이다. 사람은 다 조금씩 조금씩 물들어 그것을 익히지만 스스로 그렇게 되는 줄을 모를 뿐이니라."

좋은 친구가 있다는 것은 아주 행복한 일이다. 어느 두 친구의 이야기를 들려주겠다.

한 마을에서 태어나 어린 시절부터 함께 자라난 아주 친한 친구가 있었다. 어려서부터 함께 자란 두 사람은 어찌나 친하게 지냈던지 마을사람들은 그들의 우정에 침이 마르도록 칭찬을 아끼지 않았다. 그런 두 친구는 군대를 함께 가게 되었고 월남전에도 함께 파병이 되었다.

파병이 되어 한창 전투에 참가하던 중 그러나 불행하게도 한 친구가 적의 총탄에 맞아 쓰러졌다. 그런데 그 친구가 총탄에 맞아 쓰러진 지점은 격전장의 한 가운데로서 총탄이 빗발치듯 날아드는 그런 곳이었다.

친구는 총탄에 맞고서도 조금씩 움직이고 있었다. 숨지지 않았음을 알 수 있었다. 부상을 입고 헐떡이는 그를 본 친구는 참호 속에서 그를 구하기 위해 뛰쳐나가려고 했다. 그때 소대장이 그 친구의 팔을 잡았다.

"안 돼! 살려봤자 전투를 할 수 없을뿐더러 부상자는 짐만 돼. 그리고 너까지 저런 꼴이 되게 하고 싶지 않아."

그러나 그는 소대장의 명령을 어기고 총탄이 빗발치는 전장의 한 가운데로 뛰어가 친구를 업고 참호 안으로 돌아왔다. 그러나 등에 업혔던 친구는 이미 숨진 뒤였고 그 역시 몸의 여러 곳에 총알을 맞아 숨을 헐떡이며 피를 흘리고 있었다. 그러자 소대장이 마구 소리쳤다.

"그것 봐! 내가 뭐라고 했나! 네 친구는 죽었다. 그리고 너 역시 부상을 당하고 말았다. 네 친구를 살리려 했던 너의 보람이 하나도 없잖은가!"

그러나 그는 숨을 헐떡이면서도 입가에 미소를 지으며 말했다.

"…하지만 저는 그 친구를 살리려고 달려간 보람이 있었습니다. 그 친구가 제게 말하더군요. 네…네가 올 줄 알았어 라고 말입니다."

좋은 친구는 이런 친구인 것이다.

주걱으로 물을 뜰 수는 없다

가장 어려운 것은 대문을 나설 때이다. 모든 파악과
준비를 다 마쳤어도 시작은 실로 어려운 일이다.

아무리 급해도

주걱으로 물을 뜰 수는 없다. 주걱으로 물을 뜨려고 하는 것은
성급함이 과해도 너무 과한 것이다.

우리는 기다림의 미학을 배워야 한다. 나무가 나이테를 지니
고 뿌리를 굳건하게 내리기까지는 많은 시간이 필요하다. 빠른
것만이 좋은 것은 아니다.

사람들의 공통된 심리는 어떤 일을 하려고 했을 때 빨리 시작
하려든다는 점이다. 그러지 않으면 남들보다 뒤질 것이라는 불
안 심리를 안고 있다.

채근담에 다음과 같은 이야기가 있다.

"오랫동안 땅 위에 엎드려 있던 새가 한 번 날면 힘차게 높이

난다. 사람도 이와 같이 힘을 기르는 기간이 길면 길수록 한 번 일어서면 힘차게 뻗는다. 먼저 핀 꽃은 분명 먼저 지게 되어 있다. 남보다 먼저 성공하려고 조급히 서두를 것이 아니다. 생명이 긴 일은 그만큼 준비도 길어야 한다. 쉬워 보이는 일도 해보면 어렵고 못할 것 같은 일도 해보면 쉽게 해진다. 쉽다고 얕볼 것이 아니고 어렵다고 넋을 놓을 일이 아니다. 쉬운 일도 신중히 하고 어려운 일도 겁내지 말고 해보아야 한다."

채근담에서의 이야기처럼 먼저 핀 꽃은 분명 먼저 지게 되어 있고 생명이 긴 일은 그만큼 준비도 길어야 한다는 말을 명심해 둘 필요가 있다.

모든 일에는 반드시 준비단계가 필요하다. 빨리 가고 싶은 충동이 일어도 먼저 철저한 준비를 거치고 계획을 세우고 단단한 채비를 갖추어야 한다. 그러니까 날개를 가지기 전에는 날지 말라고 충고하는 것이다.

가장 어려운 것은 대문을 나설 때이다. 모든 파악과 준비를 다 마쳤어도 시작은 실로 어려운 일이다. 초기단계일수록 잘못된 부분의 노출이 많다. 준비를 철저히 했어도 결코 쉬운 일이 아니다. 오래된 일을 연결해서 할 때는 잘 나타나지 않던 부분들이 이 시기에 무더기로 나타나는 경우가 흔하다. 이때 냉철한 이성으로 잘 잡아내야 한다. 서두르지 않고 침착하게 잡아내야 한다.

졸졸 흐를 때에 막지 않으면 장차 큰 강이 되고 불씨가 살라질 때에 끄지 않으면 활활 타오르게 되어 불을 끄기 어렵다. '두 떡잎일 때에 제거하지 않으면 장차 도끼를 써야 한다'는 말이 있다. 삼월에 벼룩 한 마리를 잡으면 여름에 백 마리를 잡는 것과 같은 이치이다.

몸이 굽으면 자연 그림자도 굽을 수밖에 없잖은가. 처음에 바로 서지 않으면 그것을 고치기 위한 고통이 따르고 질서의 규범이 흐트러져 나중에 바로 잡기가 쉽지 않다.

열등감을 버려라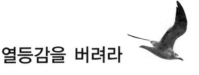

자신감을 가져라. 세상에 완벽한 인간은 없다.
그리고 완벽하게 열등한 사람도 없다.

사람들은 누구나
열등감을 가지고 있으며 이를 극복하려 노력하고 있다. 사람마다 열등감의 종류는 다르지만 일반적으로 열등감은 패배의식으로 행동이 저하되고 마음의 상태를 급격하게 떨어뜨리며 자기를 계발시키는데 아주 저급한 방해요소가 된다.

이 원인은 무엇일까? 그것은 바로 부정적인 자기암시의 효과가 나타나기 때문이다. 사람은 좌절과 실패를 거듭하면 할수록 점차 패배의식에 사로잡히게 되고 결정적으로 열등의식의 포로가 되어 버린다. 이러한 상태가 지속되면 결국 그 사람의 미래는 위험스럽게 된다.

사람은 여러 종류의 열등감을 가지고 있는데 가령 머리가 좋지 않다든가 자라온 환경이 불우했다든가 아니면 직업이 좋지 않거나 학력이 낮거나 의지력이나 집중력이 낮거나, 하여튼 이루 열거할 수 없을 정도로 다양하다.

나폴레옹이나 처칠, 뉴턴, 에디슨, 레오나르도 다빈치 등 우리에게 위인으로 잘 알려진 이런 사람들도 한때는 심각할 만큼 열등감에 사로잡혔었다고 한다. 그러나 이들은 자신이 갖고 있던 열등감을 분발의 자극제로 삼았고 끝내 세계적인 위인들로 성공했다.

열등감은 부정적인 요소로 무장되어 있지만 행동의 원천이 될 수도 있다는 것을 증명한 것이다. 열등감에 사로잡혀 무력감과 패배감에 휩싸이면 안 된다. 중요한 것은 열등감 그 자체가 아니라 열등감에서 탈피하고 새로운 나 자신의 능력을 찾아내는 일이다.

사람이 열등한 감정을 가지게 되면 그 마이너스적 요인을 플러스적 요인으로 바꾸려는 마음의 에너지가 강하게 작용하게 된다는 것이 우리들에게 희망이다. 이때 파생된 에너지는 그간 열등감에 매몰되어 있던 모든 의식을 깨뜨리고 자기의 그림자에 얽매어 그림자만을 보려는 습성에서 해방시킨다.

미국의 유명한 법의학자 찰스 엘브스타인은 외모가 아주 못생겼다. 그런데도 그는 많은 사람들로부터 인기를 끌고 존경을 한 몸에 받고 있는 인물이었는데 사람들은 그를 한 번 만나기만 해도 그에게 매료되고 가까운 친구가 되었다. 그는 그런 비결에 대해 두 가지로 나누어 설명했다.

"나는 사람과 만날 때면 언제나 상대방을 마음속으로부터 따르려고 애쓰는 동시에 이 사람도 나와 마찬가지로 열등감을 느낀다고 생각한다."

그렇다. 그에게도 외모에 대한 열등감이 있었으면서도 상대방도 무언가 약점을 가지고 있을 것임을 생각하곤 자신 있게 당당히 접근하였던 것이다. 그럼으로써 열등감을 해소시켜 버린 지혜가 그를 그런 인물로 성장시킨 것이다.

사람의 기본적인 능력이란 모두가 비슷하다. 어떻게 발굴되고 얼마만큼 자신감을 가지느냐에 따라 달라진다. 열등감에 사로잡혀 있으면 아무리 뛰어난 능력을 지닌 사람도 그 능력을 제대로 발휘할 수 없게 된다.

자신감을 가져라. 세상에 완벽한 인간은 없다. 그리고 완벽하게 열등한 사람도 없다. 우리에겐 인격 완성을 위한 길고 먼 여정만 있을 뿐이다.

지금 나를 괴롭히고 있는 문제는 무엇인가?

우리가 자신이 바라는 것을 소망하는 상태는 '
생각이라는 씨앗을 잠재의 땅에 심는 것' 과 같다.

　　　　　　　　　　입시시험도, 미래의 모습도
모두 굴절된 시각에서 바라보이고 부모가 기대하는 기대감도
짐이 되고 있으며 친구관계는 점점 흐트러지고, 바라는 희망은
보이지 않는다. 또한 어떻게 살아가야 할 것인가 하는 인생에
대한 방점도 찍을 수 없으니 참으로 답답하고 짜증만 난다. 그
럴 때 우리가 취할 행동은 오로지 하나가 있다.

　"그 모든 문제는 나만의 문제가 아닌 우리 모두가 함께 겪고
있는 문제다."

　이렇게 생각하는 것이다. 하지만 그 상태에서 머물러 있어선
안 된다. 그 문제는 어떠한 경우든 풀어야 할 문제이며 숙제이
고 그 문제를 풀려면 그 문제의 핵심을 파악해야 한다. 그런 것

들은 모두 내가 짊어지고 나아가야 할 피할 수 없는 일이기에 더욱 그렇다.

자기암시에 긍정의 힘을 넣어라. 할 수 있다는 생각을 가진 사람에게는 모든 상황이 할 수 있는 상황으로 돌아가고 할 수 없다는 생각을 가진 사람에게는 모든 상황이 할 수 없는 상황으로 돌아가는 법이다. 그러므로 어떤 목적을 성공시키고 싶다면 언제나 긍정적인 암시를 자신에게 끝없이 쏟아 부어라.

'나는 행복해질 수 있을 거야.'

'나는 시험에 붙을 수 있어.'

'나의 미래는 성공을 거둘 수 있을 거야.'

'나의 모든 일은 다 잘 될 거야.'

이렇게 자신에게 암시한다면 대체로 그렇게 될 수 있다는 것을 믿어라. 그러면 지금 나를 괴롭히고 있는 문제는 금방 해소될 수 있다.

이탈리아가 낳은 세계적인 테너 가수 카루소는 어려서부터 '청중이 초만원을 이룬 대극장에서 기립박수를 받는 것'을 늘 소망해 왔으며 그것이 이루어질 것을 항상 다짐했고 소원했다. 자동차왕 헨리 포드는 '미국의 모든 도로에 내가 만든 자동차가 물결을 이루는 것'을 늘 소망해 왔다. 훗날 그들의 소원은 기적같이 모두 이루어졌다.

우리가 자신이 바라는 것을 소망하는 상태는 '생각이라는 씨앗을 잠재의 땅에 심는 것'과 같다. 잡초를 심으면 잡초가 자라고 채소를 심으면 채소가 자라는 법이다.

 적어도 이 이치를 깨닫고 있으면 지금 나를 괴롭히고 있는 문제는 모두 해소될 것이다. 이 말을 믿고 잠재의식의 힘에 자신을 의탁하길 바란다. 잠재의식은 불가능을 가능으로 만들어준다는 것을 나는 철저히 믿고 있기 때문에 나의 말에 귀를 기울여 주길 바라는 것이다.

부모의 마음속에는

더 나은 자식을 만들고 싶은 어버이의 마음에서 싫은 소리마저
내뱉어야 하는 어버이의 심정을 헤아리는 자식이 되어라.

울 워즈라는 미국의
한 기업가는 그의 자서전에서 고백을 하듯 이렇게 말하고 있다.

"난생 처음 부모님의 곁을 떠나 도시로 취직하러 가는 길이었
다. 눈이 펑펑 쏟아지던 그 날, 대문을 나서는데 어머님께선 잠
깐 기다리라고 하시고선 김이 모락모락 나는 고구마 한 개를 내
손에 쥐어주셨다. 가난했던 나의 어머니는 아들이 집을 떠나 먼
길을 나서는데 다른 그 무엇도 주실 수가 없었고 고작 따뜻한
고구마 한 개가 전부였다. 나는 그 고구마를 손에 쥐고 어머니
에게 얼마나 감사했는지 모른다. 내 모습이 보이지 않을 때까지
손을 흔들어 주시던 부모님의 모습을 보면서 나의 두 뺨엔 뜨거
운 눈물이 흐르고 있었다. 나는 나의 전 생애를 통하여 그때 아

버지 어머니의 모습과 따뜻한 고구마를 한시도 잊어본 적이 없었다."

부모로부터 이런 감동을 받은 울 워즈는 이를 악물며 노력해 작은 도시의 점원에서 시작하여 종내 대기업을 거느리는 회장의 자리에 이르렀다.

그는 자신의 회사에 입사하는 젊은이들에게 항상 이런 격려의 말을 빼놓지 않았다.

"고향을 떠나 새로운 인생의 첫발을 내디디는 젊은이 여러분, 삶이 고통스럽거나 힘들어 비틀거릴 때면 자식의 성공을 기원하고 계실 부모님을 생각하십시오. 그러면 용기가 생길 것이며 힘이 생길 것입니다. 세상에 이보다 더 큰 힘과 용기를 주는 것은 아무 것도 없습니다. 부모님을 생각하고 열심히 노력하십시오."

성공한 사람의 이 훌륭한 조언은 영원히 가슴에 남아 울림이 된다.

부모의 사랑은 조건 없는 사랑이다. 조건 없는 사랑이나 헌신은 그 자체가 아름답고 고귀한 것이며 영원하다.

부모를 생각하는 마음은 부모가 자식을 생각하는 마음이 영원하듯 영원해야 한다. 그 어떤 경우라도 멈춰지거나 생략되어선 안 된다.

공자께서 말씀하시길 인간에게는 삼천여 가지의 죄가 있는데 그 중 가장 큰 죄는 불효라고 했다. 그것은 부모의 사랑이 가장 지극하고 진실하며 다함이 없기 때문이다.

부모님이 하는 말이 잔소리로 들릴 때, 그 잔소리가 왜? 무엇 때문에? 라는 의문으로 전환시키면 그것은 감격으로 들릴 것이라고 나는 생각한다. 그 잔소리의 운율이 매우 아름답게 들리고 자식에 대한 진정성이 아름다운 메아리로 전달될 것이라고 생각한다.

자식을 사랑하기에 지적하고 꾸짖는 소리를 잔소리로 생각하지 마라. 염려하듯, 행여 다칠세라, 더 나은 자식을 만들고 싶은 어버이의 마음에서 싫은 소리마저 내뱉어야 하는 어버이의 심정을 헤아리는 자식이 되어라.

자식을 위해선 자신의 생명마저 내어 줄 수 있는 어버이가 곁에 있음을 항상 감사해라. 자식이 밤늦게까지 들어오지 않으면 엄마는 시계를 쳐다보고 아버지는 현관문을 쳐다보는 마음이 어느 부모든 다르지 않다.

늦게 들어오는 자식을 꾸짖고 다음부턴 일찍 들어오라고 말하는 것이 잔소리인가? 공부하지 않는다고 야단치는 것이 잔소리인가? 책은 읽지 않고 매일 휴대폰만 들여다보고 게임만 즐기는 것을 뭐라 하는 것이 잔소리인가?

그런 잔소리라면 배가 부르도록 먹고 그것을 소화시켜라. 그런 사람이 훌륭한 사람으로 성장한다고 나는 단언한다. 그것을 잔소리라고 볼멘소리로 외치며 흘려버리는 사람의 장래는 분명히 말하건대 절대 없다.

지금의 내 시절은 나를 만들어 가는 가장 소중한 시간이다. 부모님이 공부 열심히 해서 훌륭한 사람이 되라고 했을 때 짜증낼 일이 아니다. 필요 없는 시간이나 좋지 않은 행동을 해서 야단맞는 것도 당연하게 받아들일 일이다. 이건 모두 나를 위한 일이기 때문이다. 자식과 부모 사이기에 이게 가능한 일이다.

내가 옳다고 주장하는 것은

생각이란 자기 마음대로 조종되는 습성이 있어
자기에게 유리한 쪽에서 결정된다.

자기 생각이 옳다고 생각해

남의 생각을 무시해 버리는 사람, 남의 잘못을 남이 있는 곳에
서 가리지 않고 지적하는 사람, 그런 사람들은 보통 편견에 사
로잡힌 사람들이 대부분이며 그런 사람들은 자신의 주의나 주
장을 좀처럼 바꾸려 하지 않는다. 하지만 이런 사람들이 상대방
으로부터 그 주장의 공감이나 동의를 얻어내기란 매우 힘들다.

자기주장을 스스로 만들어내는 것에는 논리가 포함된다. 그
러나 그 논리가 모두 옳을 수만은 없음에도 불구하고 많은 사람
들은 자기 생각이 옳다는 주장에 빠지는 것은 왜일까?

루스벨트가 대통령이 되었을 때 그는 자기가 생각하고 있는
것의 75%만 옳다면 더 이상 바랄 것이 없다고 말한 적이 있다.

미국의 대통령이 생각한 최고 율이 이 정도라고 한다면 과연 평범한 보통 사람의 최고 율은 몇 퍼센트일까 궁금하지 않을 수 없다.

일방적인 자기주장은 논쟁을 불러온다. 그런 논쟁은 논쟁으로만 그치지 않고 결국 싸움으로 발전되는 경우가 종종 있다. 하지만 내 생각이 절대적으로 옳을 수만은 없다. 그것을 고집하는 것은 상대로부터 외면당하는 일이다.

프랭클린은 다음과 같이 말했다.

"나는 남의 의견을 반박하거나 내 의견을 단정 지어 말하지 않기로 했다. 굳은 표현, 가령 확실하게라든가 의심할 바 없이라는 말 대신에 '나는 이렇게 생각하는데'라든가 '지금으로서는' 등의 말을 썼다. 설령 내 주장이 옳고 상대방의 주장이 틀리더라도 그 자리에서 이를 지적하거나 반대하지 않기로 한 것이다."

생각이란 자기 마음대로 조종되는 습성이 있어 자기에게 유리한 쪽에서 결정된다. 더더욱 문제가 되는 것은 그것이 틀림없다고 판단을 내리는 것이다. 이것을 반대로 말한다면 다른 사람도 자기에게 유리한 쪽에서 생각을 결정할 것이고 그러면 당연히 남이 상대를 판단하는 것도 그의 본래 면목과 다를 수 있으며 내가 생각하는 것과 상대방이 나를 생각하는 것이 다를 수 있다는 결론에 이를 수 있다.

어떤 일이 있어도 상대방의 잘못을 직접적으로 지적하는 일이 있어선 안 된다. 그것은 상대방의 자존심에 상처를 내는 일이다.

누군가를 설득해야 할 때에 가장 중요한 것은 상대의 자존심을 존중해야 한다는 것이다. 사람은 본질적으로 자주적이고 자발적인 존재이기 때문에 그렇다.

인간은 자존심의 동물이다. 이 자존심은 다른 사람보다 자기가 낫다는 생각에 기초한 것으로 자기 자신의 잘못이나 실패를 합리화하지 않으면 안 될 만큼 강렬하다. 그래서 더욱 조심스러운 것이다.

그러나 내 스스로가 먼저 자존심을 내세워 상대를 대할 일은 삼가야 한다. 상대방의 자존심을 세워주는 일은 내가 할 일이지만 내가 내 자존심을 상대에게 내세우는 일은 '쓸모없고 쩨쩨한 인간일수록 어울리지 않게 자존심은 세다'는 프랑스의 사상가 볼테르의 말을 떠오르게 할 뿐이다.

창조력의 힘을 믿으라

창조란 다른 사람이 미처 생각하지 못하는
새로운 것을 만들어내는 것이다.

창조란 전례가 없는 곳에
길을 새롭게 내는 것으로 무모함이나 비상식과는 불과 종이 한
장 차이에 지나지 않는다. 창조란 보통 사람들과는 전혀 다른
발상이나 생각을 하는 것은 물론이고 다른 사람이 미처 생각하
지 못하는 새로운 것을 만들어내는 것이다.

모두가 괜찮다고 말하는 것은 상식적 사고의 산물로서 창조
와는 거리가 있다. 상식이라는 것에만 매달려 있으면 창조는 탄
생하지 않는다. 창조란 상식의 길에 새로운 길을 내고 첫발을
내딛는 것이다. 낡은 상식과 관습에 얽매이지 않고 발상의 전환
을 꾀하는 것이 창조력의 시작이다.

창조력의 계발은 사실 지극히 단순한 것에서부터 출발하는

경우가 대부분이다. 어렵고 복잡해 보이는 것도 처음으로 돌아가 보면 단순한데 그 단순함이 창조력을 계발하는데 있어서 가장 먼저 해야 할 일임을 기억하라.

창조는 대상일 수도 있고 문구일 수도 있고 디자인일 수도 있다.

가령 세일즈맨이 에스키모에게 냉장고를 팔았다고 하자.

"그건 가히 훌륭한 신제품의 창조가 아닐 수 없다."

이 말은 세일즈맨이 에스키모에게 냉장고를 팔았다고 하자 드럭커가 한 말인데 세일즈맨이 에스키모에게 냉장고를 팔았다는 것은 제품의 새로운 이용법을 발견한 것이며 새로운 시장을 창조했다는 말이기도 하다. 그래서 드럭커는 훌륭한 신제품의 창조라고 외쳤던 것이다.

일반적인 생각으로 에스키모가 사는 북극지방에서 냉장고의 힘을 빌리지 않아도 식품을 차게 보관하는 일은 얼마든지 가능한데 냉장고를 팔았다는 것은 우리의 고정관념으로서는 납득하기 어렵다. 하지만 식품보관의 가장 알맞은 온도가 섭씨 0도라고 가정해 보자. 그러면 과연 냉장고가 필요 없다고 단정할 수 있겠는가? 그렇다면 북극도 얼마든지 냉장고를 팔 수 있는 시장이 될 수 있다는 것이 아니겠는가.

창조력은 고정관념을 탈피했을 때 생겨나는 기발한 발상이자 힘이다. 가까운 곳에서 사물을 바라보고 있을 때 조금 떨어져 그 사물의 변환을 발견하는 것이다. 숲속에서 나무만 보던 것을 멀리서 숲을 바라는 것 또한 창조인 셈이다. 나무를 보는 것은 근원이며 원형을 보인 숲은 전체이기 때문이다.

창조는 새로운 발견에서 얻어지는 것이므로 항상 성공의 계기를 가져온다. 성공의 단초를 제공하는가 하면 성공의 완성을 맛보게 하기도 한다. 매몰되는 의식을 일깨우기도 한다.

1492년 10월, 콜롬부스는 북미대륙을 발견하고서 이듬해 3월 자랑스럽게 돌아왔다. 스페인 국민들은 너나할 것 없이 거리로 뛰쳐나와 콜롬부스를 개선장군처럼 환영했다. 하지만 그런 콜롬부스를 시기하여 못마땅하게 여기던 사람들이 대들며 말했다.

"신세계의 발견이란 그렇게 야단법석을 떨 만큼 대단한 것이 못 된다. 그저 배를 서쪽으로 몰고 가다가 우연히 마주친 것에 불과한 것이다."

그러자 콜롬부스가 이렇게 말했다.

"그렇소. 나도 이번 대륙의 발견을 자랑스럽게 여기지 않습니다. 다만 그 생각을 처음으로 했다는 것만을 자랑스럽게 생각하고 있을 뿐이오."

그리고는 식탁 위에 있는 달걀 하나를 집어 세워보라고 했다. 그 자리에 있던 사람들이 애써 세워보려 했으나 어느 누구도 세우질 못했다. 그러자 콜롬부스는 웃음을 지으며 달걀 끝을 식탁 모서리에 가볍게 쳐서 살짝 부수고는 손쉽게 세웠다. 모두들 '그까짓 것 아무것도 아니다' 라고 외쳤다.

그러자 콜룸부스가 말했다.

"맞습니다. 아무것도 아니지요. 그러나 여러분 중의 어떤 사람도 이 방법을 생각해내지 못했지만 나는 생각해냈어요. 신세계의 발견도 이와 마찬가지랍니다. 아무것도 아니지만 처음에 생각해낸다는 것, 바로 이것이 중요한 거예요."

창조란 바로 이런 것이다. 남이 생각해내지 못한 것을 생각해내는 생각의 창조는 결국 미지세계의 발견이란 담론으로 이어진 것이다.

달팽이는 자기 껍질 속에 갇혀 있다

실패한 뒤 절망에 빠져 있는 사람은 달팽이가 자기 껍질 속에
갇혀 어쩌지 못하는 현상과 다르지 않다.

단 한 번의 실패로
포기해 버린다면 그 사람은 용기를 잃고 달팽이처럼 자기 껍질
속에 파묻혀 버리는 사람이 되고 만다.

포기는 자기 스스로도 자신에 대한 애정을 가질 수 없게 한
다.

헤럴드 셔먼이 다음과 같이 말했다.

"이 세상에서 실패한 경험이 없는 사람은 없다. 그러나 진정
한 실패는 '나는 이제 틀렸다'고 생각하는 바로 그것, 이것이
진정한 실패인 것이다.

그대는 아마도 자기의 지나간 실패를 가슴 아파하면서 무엇
이 잘못되었던가를 생각하며 그 실패를 끝없이 생각한 일이 있

었을 것이다. 그러나 꼭 성공할 수 있다는 신념을 가지고서 새로운 성공을 쌓아가야 한다.

말하자면 실패는 다리이다. 다리 한 가운데에 멈춰 서서 아래로 뛰어내리는 사람이 있는가 하면 그 다리 건너편에 새로운 세계가 열려 있음을 믿고 그리로 걸어가는 사람도 있다. 그렇다. 다리 건너에는 성공을 위한 새로운 세계가 열려 있다. 그리로 계속 걸어가기만 하면 된다. 중요한 것은 멈춰 서지 않는 것이다. 그리고 자기가 어디로 가야 할 것인가를 아는 것이다.

과거의 실패를 무시하지 마라. 실패로부터 배워야 할 것이 많다. 실패했다면 왜 실패했는가, 무엇이 잘못 되었는가, 그렇다면 앞으로 어떻게 해야 할 것인가를 살펴야 한다. 이렇게 실패로부터 교훈을 얻은 다음에는 그 실패를 잊어야 한다.

실패했을지라도 포기하거나 노력을 중지하지 않는 한 또 다시 실패란 없다.

기억하라, 인생에서 최대의 실패는 노력을 중지하는 것이란 것을."

한없는 노력과 실패의 결론에 대항해 싸우려는 의지는 곧 성공이란 또 다른 세상을 맞이하게 한다. 그 세상은 실패했을 때의 세상과 너무나 다른 세상이다.

실패한 뒤 절망에 빠져 있는 사람은 달팽이가 자기 껍질 속에 갇혀 어쩌지 못하는 현상과 다르지 않다.

헤럴드 셔먼의 말처럼 어떤 상황에 놓여 있을 때 사람들은 두

가지로 구분되는데 하나는 절망을 이기지 못해 다리에서 뛰어내리는 사람과 비록 절망에 처해있을 망정 그 절망을 뿌리치고 희망의 발걸음을 재촉하는 사람이다.

우리는 어느 길을 선택할 것인가? 진정 어느 길을 선택하는 것이 인간으로서 가장 인간다운 길인가? 이런 물음 앞에 서면 절대 자기 자신을 포기할 수 없다.

건강한 사람의 발걸음과 건강하지 않은 사람의 발걸음이 다르듯이, 희망을 가진 사람의 발걸음과 희망을 잃은 사람의 발걸음에도 많은 차이가 있다.

운도 자신의 실력으로

실력은 힘이며 운이고 성공의 전제다.
그리고 세상에서 가장 큰 정의이기도 하다.

운은 찾아오는 것이 아니라

찾아가는 것이다. 가만히 앉아 있는 사람에게 저절로 찾아올 것
이라고 생각하는 것은 환상이다. 운은 열심히 자기의 길을 걸어
가는 사람이 만나게 되는 것이다.

자기생애에 대한 노력, 운이란 그런 노력에 대한 덤이다. 노
력 없이 운에 기대 세상을 살아가려는 사람은 그 태만으로 인해
아무것도 얻을 수 없고 이룩할 수 없다.

운은 기대하지 마라. 열심히 노력해서 살아가는 일에 슬그머
니 찾아와 나를 기쁘게 한다면 그때는 받아들일 수 있지만 운이
목적이 되어 그것을 목이 빠지게 기다리는 사람은 절대 만나지
지 않는다. 백 년이 지나도 그런 사람에게는 운은 찾아오지 않

는다.

로렌스 굴드는 이렇게 말했다.

"별안간 뜻하지 않은 막대한 유산이 굴러들어왔다면 그것은 분명 운에 속한다. 그러나 이런 경우는 그리 흔하지 않은 일로서 기대할 것이 못 된다. 실제로 사람의 운이란 저쪽에서 굴러오는 것이 아니라 이쪽에서 손을 내밀어 잡아당겨야 하는 것이다.

하늘에 한가로이 떠 있는 구름이 있다. 그 구름을 한낱 풍경으로 감상할 수도 있고 그 구름의 움직임과 색깔을 관찰할 수도 있다. 과수원에 사과나무가 있는데, 그 잘 익은 열매를 아름답게 볼 수도 있고, 아니면 왜 사과가 익으면 나무에서 저절로 떨어지는가 의문을 가질 수도 있다.

화가가 구름의 색깔에서 영감을 얻어 그의 작품에 응용했다면 구름은 화가에게 하나의 운을 열어준 것이 된다. 만유인력을 알고 과학의 진보를 이루었던 뉴턴의 발견도 사과나무를 보지 않았다면 세상에 나오지 못했을지도 모를 일이다. 이런 의미에서 구름도 사과나무도 그것을 대하는 사람의 태도에 따라서 하나의 운을 열어주는 대상이 되는 것이다.

이러한 운은 우리 주위에 무수히 많다. 하지만 그것을 이용할 줄 알고 그것을 볼 줄 알며 또 붙잡을 줄 아는 의지를 가진 사람은 드물다."

진정 힘 있는 사람은 힘 있는 사람처럼 보이지 않는다. 힘이 부족한 사람일수록 남에게 자신의 힘을 과신하려 들고 실력이 부족한 사람이 자신의 실력을 남에게 보이려 애쓰는 법이다.

채근담에는 다음과 같은 말이 있다.

"매는 새 중의 왕이지만 그 서 있는 모습을 보면 아무런 힘도 없이 졸고 있는 것 같고 호랑이는 백수의 왕이지만 그 걷는 모습은 마치 병든 것처럼 어슬렁어슬렁 느리기 짝이 없다. 그러나 그것은 용맹을 숨기고 힘없음을 가장하고 있는 것이며 진정 먹잇감이 나타났을 때 물어뜯을 기회를 노리는 것이다.

사람도 이와 마찬가지이다. 총명함과 재능을 깊이 감추고 실력을 연마하면서 그것을 발휘할 수 있는 때를 기다려야 한다. 그릇이 크고도 무게 있는 사람만이 큰일을 맡을 수 있고 할 수 있는 것이다. 그다지 총명하지 않으면서도 총명한 것처럼 자신을 드러내고 잔재주를 자랑하는 모습은 별로 쓸모가 없는 사람이다."

실력은 힘이며 운이고 성공의 전제다. 그리고 세상에서 가장 큰 정의이기도 하다.

제 2 부

길을 묻는 것이 헤매는 것보다 낫다

끝없이 성장하길 원하는 것은

많은 이삭이 열리기를 바라면 줄기를 더욱 튼튼히 할 것이며
그것을 지탱할 가지의 힘을 키워야 한다.

"나는 지금도 어린 시절에
집의 거실에 걸려 있던 글귀를 기억하고 있다. 그 글귀는 살아
가는 지혜를 말한 이탈리아 격언이다.

'인간은 현명해지기 전에 벌써 늙어버린다.'

나는 어렸을 때부터 읽어온 이 글귀의 진정한 의미를 알게 되
어 평생을 명심하면서 살아왔다. 이 격언의 의미는 우리가 자기
능력을 한계까지 시험하려다 보면 인생이 너무 짧다는 것이다.
이 글의 진정한 뜻을 우리는 언제까지나 되새기며 살아야 한다.
인생의 한때를 소중히 생각해야 한다는 가르침이 포함되어 있
기 때문이다.

이런 격언이 있음에도 우리는 인생이 끝날 무렵에 겨우 자신

이 이제껏 중요한 일을 얼마나 소홀히 하며 살아왔는가를 깨닫게 된다. 이것은 가장 큰 비극이다.

우리는 날마다 새로운 것을 배워야 하며 언제나 어제의 자신과 다른 사람이 되어가야 한다. 현재까지를 별 볼일 없는 사람으로 여기거나 살아가는 것을 힘겨워 하는 사람은 자신에게 무한한 가능성이 있다는 것을 기뻐하고 여러 가지의 경험을 하면서 살아가도록 하자.

배운다는 것을 올바로 인식하려면 먼저 자연의 섭리를 알아야 한다. 그것은 '성장하지 않으면 죽는다' 는 것이다. 날마다 텔레비전을 보고 있는 아이들은 반드시 자기주의의 모든 것들에 소홀하게 된다. 집안에만 틀어박혀 있는 아이들은 봄의 생명이나 겨울 첫눈의 부드러움을 모르고 지나가 버리게 될 것이다.

멋대로 계획 없이 하루하루를 시시하게 살아가는 사람이나 어느 한 가지 정해진 길로만 걸어가는 사람은, 인생이 변화의 연속임을 모르고 다른 사람보다 몇 배나 좁은 인생을 살게 될 것이다. 성장하지 않는 자는 죽기 때문이다."

위에 한 말들은 레오 버스카글리아 교수가 한 말이다.

버스카글리아 교수는 우리들에게 성장하지 않는 것은 죽은 것이나 다름없다고 말하고 성장을 멈추면 거기엔 희망이 사라지고 없음을 갈파했다.

끝없이 성장하길 바라는 것은 인간의 영원한 욕망이다. 그것은 나이가 많건 적건 누구에게나 같다. 그렇다면 끝없이 성장하려면 어떻게 해야 할 것인가? 바로 공부해야 할 시기에 있는 사람은 열심히 공부하는 일이며 일이 주어진 사람에게는 열심히 일하는 그것이다.

공부를 지겨운 것으로 볼 것이 아니라 즐거운 것으로 보고 학식이 채워지는 기쁨으로 자신의 인생을 가꾼다면 얼마나 좋을까? 일을 힘들고 지겨운 것으로 볼 것이 아니라 즐겁고 유익한 것으로 여기며 내 인생의 에너지로 여기면 얼마나 좋을까?

이삭이 무거우면 줄기가 휘어지고 과일이 너무 열리면 가지가 찢어진다. 많은 이삭이 열리기를 바라면 줄기를 더욱 튼튼히 할 것이며 많은 과일이 열리기를 바라면 그것을 지탱할 가지의 힘을 키워야 한다.

가치 있는 인생을 살기 위해서는

우리들은 누구나 자신의 일, 인생에 있어서
실패와 성공을 경험하게 된다.

이것저것 다 해보려 하지 말고
인생에서 가장 가치 있다고 생각하는 일을 골라 자신의 인생을
걸어라. 그러면 된다. 괜히 이것저것 다 해보려다 어느 한 가지
도 올바로 해보지 못하고 인생을 허비하게 된다면 가버린 시간
뒤에 세월만 무정하게 탓하는 못난 사람이 될 위험성이 크다.

가치 있는 인생을 산다는 것은 분명 타인을 위하고 역사에 일
정 부분 기여할 수 있는 부분이라고 생각할 수 있지만 진정 가
치 있는 인생은 자신을 위한 인생에 있다. 자신의 인생을 성공
시키고 의미 있는 삶의 형태를 지니는 것이다. 그러려면 자기
자신은 일정한 기준과 일정한 철학과 일정한 신념을 지니고 있
어야 한다.

그런 것들을 잘 설명한 사람이 있는데 그가 바로 켄셜턴이다.

"자신감이나 신념은 언제라도 무너질 수 있기에 이것을 지키기 위해 끊임없이 노력하여 강화해 나가야 한다. 자신감이나 신념은 자신의 행동이나 경험, 자기 성찰을 통해서 유지시킬 수가 있다.

우리들은 누구나 자신의 일, 인생에 있어서 실패와 성공을 경험하게 된다. 이때 자신의 인생을 실패에다 초점을 맞추면 자신감과 신념이 약화되고 성공에 초점을 맞추면 놀라울 정도로 강화된다. 따라서 반드시 성공할 것이라는 태도를 가지고서 삶의 질을 향상시키는 것이 가장 중요한 요소이다.

스스로를 하찮은 존재로, 능력이 없는 존재로 여기는 것은 자신의 삶에 아무런 도움이 되지 않는다. 괜히 노력도 해보지 않고 스스로 무너지는 것은 허무 이상의 아무 것도 아니고 그대의 삶을 좀먹는 암적인 요소들이다.

자신은 무슨 일이든 반드시 해낼 수 있을 것이라는 생각이 들도록 스스로 노력해야 한다. 이러다가 실패하는 것이 아닌가 하는 의심을 조금이라도 갖는다면 목표를 달성하려고 앞을 향해 달려가는 데 있어서 그대의 발목에 모래주머니를 다는 격이 된다.

자기 자신을 격려하고 적극적인 사고로 자기의 생각들을 실천해 나가다 보면 언젠가는 기회가 눈앞에 나타나게 되며 자신이 원하는 것들을 하나 둘씩 이뤄나갈 수 있다.

커다란 성공을 이룬 사람은 태어날 때부터 그 조건을 가지고 태어난 것이 아니다. 역사적으로 성공한 사람들은 빈곤이나 절망 등과 같은 여러 가지 어려움을 경험하면서 어려움을 해결하는 방법을 터득하고 상황에 휩쓸리지 않고 원칙을 세워 주도적으로 일을 해결해나가는 방법을 끊임없이 모색하고 훈련한 사람들이다.

인생이라는 마라톤에는 내리막길도 있을 수 있고 맞바람을 맞고 달릴 수도 있다. 맞바람을 맞으며 달릴 때는 자신의 생각을 바꿈으로써 내일 자신의 모습을 지금보다 훨씬 향상시킬 수 있다."

부언하자면 마라톤에서 현재 일등으로 달리고 있다고 해서 일등으로 골인한다는 보장이 없다. 마라톤에서 완주하기 위해서는 자기 페이스가 중요하듯 인생에서도 인생을 살아가는 페이스 조절이 잘 되어야 한다. 그렇지 않으면 완주를 해낼 수 없다. 완주하기 위해서는 절대 자기를 지탱할 페이스가 중요하다.

우리가 어떤 일을 결정할 때는 반드시 자기 자신을 위해 선택해야만 한다. 그 이유는 그것이 자신의 가치에 대한 믿음을 위해서 매우 중요한 일이기 때문이다.

시간은 그저 지나가는 사건들의 강물이다

시간은 언제나 지나간 시간을 그리워하는 것이 아니라
현재의 시간을 다스리는 것이다.

　　　　　　　　　어쩔 수 없는 것들에 대해
슬퍼하지 마라. 그리고 성공에 대해 너무 매달리지 마라. 너희
들 정신선상에서 그런 것들은 자칫 너희들의 정신을 질식시킬
우려가 있다. 질식된 정신은 흡사 말굽으로 마구간 문을 박차고
나가는 망아지 같은 습성을 부른다.

　문 새로 들어오는 바람이 찬 것처럼 내 정신의 틈을 막고서
내 나아갈 길을 막고 있는 것이 더욱 시리다.

　열심히 주어진 일에 충실하며 즐겁게 살아라.

　아우렐리우스는 '시간은 그저 지나가는 사건들의 강물이며
그 물살은 세기만 하다'고 했다. '어떤 사물이 나타났다고 생각
했는데 어느새 없어져 버리고 또 다른 사물이 그 자리를 차지하

고 하는 반복의 연속이 바로 인간의 삶이라면 우리는 그 삶이 그저 허망하고 찰나적인 것임을 알 수 있다'고도 했다.

'이제 막 생명으로 태어났는가 하면 어느새 생이 다하여 이 세상을 떠나게 됨을 어른들은 모두 느끼고 있다. 이렇게 짧은 것이 인생이라면 우리는 즐겁게 살다 감을 추구하고 마치 올리브 열매가 자기를 낳고 키워준 계절과 나무에서 떨어지듯 인생을 그런 것이라 생각하며 살아가는 것이 옳다'고도 했다.

지나간 날은 그저 지나간 날로서 오늘을 소중하게 생각하는 계기로 만들어야 한다. 너무 과거에 집착하고 매달려선 안 된다.

캐럴라인 아담스 밀러는 말한다.

"지나간 세월이 아름답게 비치는 것은 이미 그 시절에서 멀리 떨어져 있기 때문일 것이다. 그것은 도시의 고층 꼭대기에서 보았을 때 도시의 풍경이 아름답게 비치는 것과 같은 이치이다. 역사를 통틀어 보아도 더 멋진 시대란 따로 없었다. 사람들의 삶은 언제나 비슷비슷했다. 그러므로 과거를 돌아다보며 그리워 할 필요가 없다. 과거를 그리워하는 것은 현재의 시간이 존재하지 않는, 생명이 다한 사람들의 것이다.

어제의 일을 오늘 지나치게 생각하지 말자. 어제 일을 오늘 생각한다는 것은 내일을 타성화시켜 아무런 힘이 되질 않는다. 오늘은 오늘의 일만 생각하라."

라틴 금언에도 '오늘을 잡아라'라는 말이 있다. 이 말은 오늘의 현재 이 시간이 실존하는 시간임을 확인시켜 주는 귀한 말로서 오늘이 그대 인생에서 가장 귀한 최선의 날임을 상기시켜 주는 것이다.

시간은 귀중하다고 백 번을 말해도 지나치지 않다. 시간을 잘 이용하는 사람이 성공하는 것도 맞다. 하지만 그 시간은 언제나 지나간 시간을 그리워하는 것이 아니라 현재의 시간을 다스리는 것이다. 그리곤 미래로 연결해 항상 다가오는 오늘을 충실하게 보내는 것이다.

기회가 적은 것은 아니다

운명은 오늘도 우리에게 다가오고 있다는 것을
알아야 한다.

로렌스 굴드는 다음과 같이 말했다.

"인생에 있어서 기회가 적은 것은 아니다. 그것을 볼 줄 아는 눈
과 붙잡을 수 있는 의지를 가진 사람이 나타나기까지 기회는 잠
자코 있는 것이다. 비록 재난이라 할지라도 그것을 휘어잡는 의
지가 있는 사람 앞에서는 도리어 귀중한 가능성을 품고 있는 것
이다. 부모의 유산도 자식의 행복을 약속해 주지 않는다. 우리
는 우리가 상상하는 이상으로 자신의 운명의 열쇠를 가지고 있
는 것이다."

인생은 기회의 연속이다. 그러나 기회는 잡는 사람에게만 기
회가 되는데 기회를 놓치지 않기 위해서 그 방법을 알아야 한
다.

괴테가 이렇게 말했다.

"인간의 운명이 결정되는 것은 짧은 순간이다."

이 말은 순간의 결정으로 일생이 좌우된다는 말로 해석된다.

운명은 오늘도 우리에게 다가오고 있다는 것을 알아야 한다. 그 내용이 무엇인지 알 수는 없지만 어쨌든 무엇이 다가오고 무엇이 일어나고 있는 것만은 분명한 사실이다. 그러므로 설사 실패를 했다고 해서 절망할 이유가 없다. 실패한 뒤에 운명으로부터, 아니면 그 무엇으로부터 얻어지는 것은 모두 횡재가 될 수 있다.

실패를 하여 모든 힘을 잃었거든 운명이 무엇인가를 조용히 되짚어 볼 필요가 있다.

내 생애는 내가 만들어 가는 것이고 치적은 내 힘으로 쌓아가는 것이다. 남에게 의탁할 시기는 내 어린 시절뿐 지금부터 내 인생은 내 스스로 걸어가야 한다. 돌멩이에 걸려 넘어져도 땅에 넘어진 자 땅 짚고 일어나야 하는 것처럼 내 스스로 일어나야 하고 모진 풍랑이 불어와도 내 온몸으로 견뎌내야 한다.

힘을 길러라. 나 혼자 굳건한 믿음으로 당당하게 살아갈 수 있도록 강한 힘을 키워라. 바다와 같은 넓은 가슴을 지니고서 파도를 다스려라. 기회가 찾아오면 그 기회를 단번에 휘어잡아라. 우리에겐 충분히 그럴 힘이 있다.

기회란 놈은 자신을 거칠게 휘어잡는 사람을 따른다. 자신을 알아주고 자신이 가장 귀중하게 소용되는 사람들을 찾는다. 그리고 매력을 동경한다. 매력을 강하게 풍기는 사람에게 기회는 조용히 무릎 꿇으며 많은 것을 전해주고 많은 것을 얻을 수 있는 능력을 선사한다.

사람들에게 기회는 일단 공평하게 나타나는데 적어도 인생에 세 번 정도는 기회가 찾아온다고들 말한다. 그럼에도 기회가 왔을 때 단번에 그 기회를 잡아 성공하는 사람이 있는가 하면 한 번도 기회를 잡지 못하고 기회를 놓치고 마는 사람이 있다. 그리곤 자신에게 기회조차 없었다고 한탄하며 아쉬움을 달래는 사람이 있다.

기회는 지금도 나를 기다리고 있다. 그래서 우리는 희망을 포기할 수 없다. 언제 어느 때에 기회가 올 것인가 기다리며 내 운명이 속한 세상에서 행복을 찾을 수 있기를 나는 바라고 있다.

생각할 시간이 필요하다

생각의 폭을 넓히는 것은 대단히 중요하다.
왜냐하면 생각은 판단의 기초이고 전 단계이기 때문이다.

우리에겐 생각할 시간이 필요하다. 나는 누구이며, 미래에 어떤 목적을 가지고 살 것이며 내 이상의 뿌리를 지금 어떻게 내리고 어떤 양분을 습득해야 하는 등 많은 것들에 대한 생각이 필요하다.

바람이 불면 누구에게든 이익이 된다는 긍정적인 마음으로 세상을 보고 내가 필요한 세상을 찾아 가는 그 시점을 파악하라. 물음표에 해당하는 사고와 느낌표에 해당하는 감정과 쉼표에 해당하는 휴식을 찾기 위해 지금 우리들에겐 명상하듯 정말 생각할 시간이 필요하다.

운명의 나침반은 지금 정해져야 한다. 어떤 운명을 살아가야 할 것인가를 정하는 것도 지금의 이 시기가 아니겠는가. 그러기에 더더욱 생각할 시간이 필요하다.

우리가 소유한 유일한 시간보다 가치 있고 중요한 것이 없다. 현재의 시간 속에서 내가 어떻게 살아가야 할 것인가를 조용히 생각해 보라. 그리고 두려움 없는 운명 속으로 들어가 가장 충실한 인생을 생각해야 한다.

알렉산더 대왕은 세계가 너무 넓고 많은 나라가 있다는 말을 아낙사고라스에게 듣고 울면서 이렇게 한탄을 했다.

"세계가 저렇게 넓고 나라가 많은데 나는 아직도 어느 하나도 정복하지 못하고 있으니 어찌 슬프지 않겠느냐?"

"인생은 투쟁 속에 있는 것이며 싸울 상대는 자기의 운명이다. 인생의 길은 멀고 가야 할 길은 좁다. 이것이 운명이다. 운명을 상대하라! 운명을 사랑하는 자만이 운명을 이길 수 있다."

이것은 서양고사에 나오는 말로서 마음에 새길 만한 이야기가 아닐 수 없다. 운명이 무엇인가 하고 생각해봄직한 말이다.

조용한 시간 속에서 그대의 눈으로 자신의 마음을 보아라. 무언가 있음을 느끼고 그것을 찾게 될 것이다. 그때 찾은 그것이야 말로 진정 내가 가진 보물이며 값진 소유물이다.

생각한다는 것은 인생에 있어서 소금과 같다.

인간은 생각할 수 있으므로 만물의 영장이다. 따라서 생각하지 않는 사람은 외형은 인간이지만 사실은 고릴라나 침팬지와 가까운 존재라고 한다면 역설이 될지 모르지만 그만큼 우리에게 생각은 중요하다.

생각의 폭을 넓히는 것은 대단히 중요하다. 왜냐하면 생각은 판단의 기초이고 전 단계이기 때문이다. 생각에서 모든 실마리가 생겨나고 방향이 정해지며 목표의 진단이 나온다. 아무런 생각 없이 그 어떤 일을 성취해 나가려 하는 것은 무모한 일이며 결국 실패를 가져올 것이 뻔하다.

생각은 개념이다. 올바른 생각을 가지고 있다는 것은 열린 통로의 길로 들어서는 일이며 무엇을 해야 할 것인가, 하지 말아야 할 것인가 하는 분별심을 키워주는 일이다. 그리고 이유 있는 판단과 행동을 가르친다.

생각할 시간이 필요하다. 왜? 라는 끝없는 물음과 그 물음에 가장 필요한 해석을 찾아내야 한다. 생각은 깊게 그리고 신중하게 할수록 좋다.

세상을 당당하게 살아라

인간이기 때문에 가능한 것은 시간을 지배하는 일이며
모든 것이 공평하다고 인식하는 일이다.

인간의 성격과 재능 등의
정신활동을 탄생시키는 것은 말할 것도 없이 대뇌이다. 대뇌에
는 140억 개라는 어마어마한 뇌세포가 빽빽이 들어 있다.

그 어떤 사람이든 정자가 난자와 합쳐져 생명을 얻는 순간,
그 순간은 가장 건강하고 힘센 것이었다. 그러기에 수억 개의
정자들을 제치고 하나의 생명을 얻어낸 것 아니겠는가. 그리곤
어마어마한 뇌세포를 형성한 육체를 성장시켜 오늘에 이르고
또 내일을 향한 재능 등의 정신활동을 통해 나를 나타내고 있
다. 이 얼마나 위대하고 장한가!

그러니 어떤 일이 있어도 위축되거나 의기소침하게 살아갈
필요가 없다. 자기를 비하시켜선 더더욱 안 된다. 인간은 의식

을 갖춘 우주다. 아무리 변변치 않은 인간일지라도 자신은 위대한 것이기 때문에 누구 앞에서라도 당당하게 살아가야 한다. 절대 자기 자신을 비하시켜선 안 된다.

인간이기 때문에 가능한 것은 시간을 지배하는 일이며 모든 것이 공평하다고 인식하는 일이다. 시간은 곧 세월의 부피이며 이것이 공평하게 소유할 수 있다는 것보다 더 위대한 것이 어디 있겠는가? 그러니 당당하게 살지 않을 이유가 없다.

메난드로스는 이렇게 갈파했다.

"인간이 인간일 때 그것은 얼마나 아름다운가!

그대 자신이 무엇인가를 알고 싶으면 지나는 길에 무덤을 보라. 거기 있는 것은 부자였던 사람이나 가난했던 사람이나 명성이 높았던 사람이나 혹은 아름다운 육체를 뽐냈던 사람들의 뼈와 가벼운 재뿐이다.

시간은 그들을 지켜주지 못했다. 아니 시간은 인간 누구에게나 공평했다. 그래서 우리들은 우리 생활대로 사는 것이 아니고 살 수 있는 한을 살아가는 것이다.

나는 여태껏 단 한 번도 큰 부자를 부러워한 적이 없다. 그가 갖고 있는 재산이 그에게 아무런 도움도 되지 않고 있다는 것을 알고 있기 때문이다.

나는 여태껏 명성이 높은 사람을 부러워한 적이 없다. 그가 갖고 있는 명성이 영원하지 않다는 것을 잘 알고 있으므로.

이 세상에서 시간을 자신에게 필요한 만큼 더 가질 수 있는 것을 발견할 수 있는 사람은 없다. 시간은 아무도 피할 수 없는 온갖 재난에 대한 의사이며 인간이 공평히 누릴 수 있는 산소와 같은 것이다."

메난드로스가 삶에 대해 갈파한 비유는 참으로 절묘하다. 영원히 살 것처럼 기고만장한 사람도 결국은 무덤 속으로 사라져 한 줌 흙으로 돌아간 것의 증명이나 인간 누구에게나 주어진 시간의 공평성을 누릴 자격에 대한 비유 또한 힘을 얻게 한다.

부자를 단 한 번도 부러워한 적이 없었던 이유가 부자가 갖고 있던 재산이 그에게 아무런 도움이 되지 않고 있다는 것이나 명성이 높은 사람을 부러워한 적이 없었던 이유 또한 그가 갖고 있는 명성이 영원하지 않다는 것을 잘 알고 있기 때문이었다고 하는 말의 부분에 가선 정말 많은 것을 생각하게 한다.

시간은 우리에게 공평하다는 것을 언제까지 설명해야 하나. 그것이 분명한 철학임에도 불구하고 왜 자꾸 반복해서 이야기해야 하는가. 이 말을 듣는 사람이나 이 말을 하는 나나 결국 바보이기 때문이라는 생각. 그러나 앞으로 우리가 바보가 아님을 증명해야 할 시간을 마련해 두자. 당당하게 살 권리가 마련되어 있음을 확인한 오늘의 시간을 사랑하자.

반드시 이룰 것이다

실력을 키워라.
이보다 성공할 수 있는 정의를 가져오는 것은 없다.

　　　　　　　　　　　　　나의 꿈과 희망과 목표를
이루기 위해선 어떤 과정이나 준비보다 더 중요한 것이 바로 그
일을 끝까지 해내겠다는 의지이다. 긍정적인 마인드로 틀림없
이 목표를 이룰 수 있다는 생각의 의지는 그것을 성공시키는 자
석 같은 기능을 하게 된다.

　희망은 인생의 밝은 면에 민감하다는 공통된 요소가 있다. 지
금 남들과 비교해 다소 뒤져 있다 해도 그것이 결론이 될 수 없
다는 것을 기억하라. 어느 순간 어느 계기가 되어 분명한 의지
를 가진다면 얼마든지 훌륭한 사람이 될 수 있다.

　학창시절의 간디는 품행이 단정치 못한 불량학생이었다. 힌
두교를 부정하는 무신론자로서 힌두교가 금기시 하는 소고기도

즐겨 먹었다. 그런데 그가 훗날 독실한 신앙인으로 변할 줄 누가 생각했겠으며 민족의 위대한 지도자가 될 줄은 더더욱 생각하지 못했다.

처칠 수상도 세 번이나 낙제한 사람이었다. 학교 성적으로만 이야기한다면 그도 보잘 것 없는 학생에 지나지 않았다. 그런데도 그는 훗날 훌륭한 세계적인 정치인이 되었다.

현대사회는 학력보다 실력이 말을 하는 사회다. 실력은 우연이나 행운이 찾아와 얻은 결과가 아니라 성실한 과정과 노력의 축적이다. 끝없이 노력하는 사람에게는 그에 상응하는 결과가 찾아와 영광을 누리게 된다.

실력을 키워라. 이보다 성공할 수 있는 정의를 가져오는 것은 없다. 실력을 연마하는데 있어 가장 잃어선 안 되는 것이 무엇을 이루고야 말겠다는 굳건한 의지이다. 의지 없이 목적을 이룰 수 없다.

사람들은 자신이 만들어낸 결과를 보고 실력을 가늠한다. 이것이 세상의 정서이며 인심이고 판단이다. 좋은 결과를 만들어내지 않으면 항상 실력부족으로 해석된다. 이는 과정도 중요하지만 과정을 통한 결과도 중요하다는 말이다. 기실 모든 과정이란 그 어떤 결과물을 생산해내기 위해 진행되는 것이기에 그럴 것이다.

몽테뉴가 말한다.

"말에 얹힌 안장을 보고서 그 말을 칭찬하는 사람은 없다. 사냥개는 얼마나 날쌔게 뛰어 사냥감을 물어오느냐에 따라서 칭찬을 받게 마련이지 그의 자태를 보고서 칭찬하지는 않는다. 매는 날개를 보고 칭찬하지, 시치미를 보고 칭찬하지 않는다."

실력을 키워 결과물을 만들어내라. 과정에서 나타나는 것으로 실력을 측정하지 않는다. 완성되지 않은 과정을 결과물로 인정하지 않는다. 근본이 무엇이고 얼마만큼 그 근본에 충실한가가 결국 실력을 말하는 것이다.

공부가 본분인 학생은 공부를 잘 하면 된다. 사업을 시작한 사람은 사업의 성공을 만들어내면 된다. 운동선수는 열심히 훈련하여 그 분야에서 최고의 실력을 나타내면 된다. 어려운 것이 아니다. 그렇다고 일등만을 강조하는 것은 절대 아니다. 보편적이나마 자기 일에 능력을 나타내는 일, 그보다 조금 더 나은 능력을 쌓으면 된다.

꿈을 먹는 사람이 되어라. 작은 꿈이 아니라 거대한 꿈을 좇는 사람이 되어라. 미래에 나는 어떤 인물로 변해 있을 것이란 목적을 확정하고 그 목적을 향해 노력해라. 그러면 반드시 이룩할 것이다. 꿈은 꿈을 꾸는 사람에게 찾아온다. 이것은 진리이며 분명한 약속이다.

자기 일에 의미를 찾아라

내가 세상에서 가장 잘할 수 있는 일이 무엇인지
생각해라.

사람에겐 저마다 자기한테 맞는 노래가 있다. 그 노래를 찾아 부른다는 것은 매우 행복한 일이고 흥미 있는 일이다. 아무리 좋은 노래를 부르고 싶어도 자기의 목청에 맞지 않으면 부를 수 없다. 억지로 부른들 악을 쓰는 소음으로 발성될 뿐이지 노래라고 인식되지 않는다. 무슨 말인가 하면 자신의 몸과 정신이 자신과 전혀 다른 사람이 되고자 한다면 그것은 불행한 일로서 정상적인 삶과는 거리가 멀다는 이야기이다.

자기의 몸에 맞는 옷을 찾아 입고 자신의 정신이 감내할 수 있는 적당한 일을 찾아 모든 심혈을 기울여 힘쓸 것이며 자신의 몸에 맞지 않는 옷을 그저 화려하고 비싸다는 이유로 몸에 걸치지 마라. 헐렁거려 보기에도 안 좋을 뿐더러 좋은 옷을 입었다는 인정을 받기도 어렵다. 이렇듯 정신이 감내하지 못한 일을 찾아 헤매면 그 또한 일을 그르치고 말게 될 것은 뻔한 일이 될 것이다.

세상에서 가장 중요한 것은 자기 자신이라는 사실을 잊지 말아야 한다. 이것은 자기 자신을 승인하는 길이며 또한 자기답게 살아가는 패턴일 것이다.

내가 세상에서 가장 잘할 수 있는 일이 무엇인지 생각해라. 그 일에 목숨을 걸 수 있는, 내가 가장 보람 있게 할 수 있는 일을 찾아내라. 남들이 좋은 일이라고 판단하는 일일지라도 내 품성에 맞지 않고 내가 보람 있다고 느낄 수 없는 일이라면 그건 내게 좋은 일이 되지 못한다.

내가 세상에서 찾아야 할 것은 평생을 걸어도 후회하지 않을 그런 신나고 보람 있는 일을 찾는 것이다. 풍요로운 세상이라 여겨지는 것은 그런 일들을 내 것으로 만들었을 때이다.

파리 노트르담 대성당에서 세 사람의 기술자가 함께 일을 하고 있었다. 세 사람 가운데 한 사람은 무기력한 사람으로 지금 하고 있는 일이 무엇이냐고 물으면 아주 짜증난다는 표정으로 퉁명스레 말했다.

"나는 돌을 다듬고 있소. 먹기 위해서 일할 필요만 없다면 이런 일은 지금 당장이라도 집어치우겠소."

또 한 사람의 일은 성당에 쓸 목재를 다듬는 일이었다. 그 사람도 일에 무관심해서 늘 불평을 하고 있었다. 자기가 하고 있는 일이 싫어서 조금도 기쁨을 느끼지 못하고 있었다.

세 번째 사람의 일은 다른 두 사람에 비하면 훨씬 단순해서 다른 사람이 자른 돌이나 재목을 운반하는 것에 지나지 않았지만 노래도 부르고 휘파람도 불면서 항상 기분 좋게 일하고 있었다.

그러자 다른 두 사람이 이 사람에게 물었다.

"우리는 일이 하기 싫어 죽겠는데 당신은 어찌하여 우리보다 하찮은 일을 하면서도 즐겁게 일을 하는 건가?"

그 말을 들은 사람이 싱긋이 웃으며 대답한다.

"이게 하찮은 일이라고? 지금 우리는 대성당을 짓고 있질 않나? 그런데도 이 일이 하찮은 일이라 생각되나?"

사실 그 사람은 하찮은 일을 하고 있는 것이 아니라 대성당을 짓고 있다고 생각하며 일했던 것이다. 큰 계획 중에서의 그의 역할은 작은 것일는지 모르지만 그래도 그 사람은 대성당을 짓는데 꼭 필요한 존재였다. 그 사람이 없으면 또는 그 사람이 하던 일을 할 사람이 없으면 대성당은 준공이 안 되었을 것이 틀림없다. 그 사람은 그것을 알고 있었다.

사람이 어떠한 일을 하고 있는가 그것은 큰 문제가 안 된다. 어떻게 그 일을 하고 있는가에 의해서 그 일은 충실한 것이 되고 인간의 기쁨이나 자기와 그리고 사회적 가치도 결정되는 것이다.

인간은 누구나 비슷하게 살아간다

부질없는 일에 정신을 소모시키지 마라.
인간은 누구나 비슷하게 살고 있다.

사람들은 저마다 다른
삶을 살아가고 있는 것 같지만 자세히 들여다보면 같은 멍에를
지고서 짐을 끌고 있다는 생각이다.

가난한 사람에게 부자인 사람이 모르는 괴로움이 있듯이 부
자에게도 가난한 사람이 모르는 괴로움이 있다. 이러한 비슷한
점들이 있어 사람들은 함께 모여 사는 것이 아닐까 하는 생각이
늘 들기도 한다.

"어떤 점에 있어서 남보다 뛰어났다 하더라도 그 점에 자신을
의지하지 마라. 또 어떤 점에 있어 남보다 열등하다 하더라도
자신을 비하하지 마라. 잘난 사람도 열등한 사람보다 못한 점이
있으며 열등한 사람도 잘난 사람보다 나은 점이 있기 때문이다.

자신이 남보다 뛰어났다고 생각하는 사람은 무거운 짐을 지고 있는 것이나 다름없다. 왜냐하면 그는 늘 그 점으로 부담감을 느끼고 있을 테니까."

로렌스 굴드의 이 말을 기억하면 우리는 상대성의 이치가 평등에 기초하고 있다는 것을 받아들이게 된다.

특별나게 보이는 사람도 가까이 다가가 보면 특별나지 않은 부분이 있고 특별나지 않은 사람처럼 보이나 가까이 다가가 보면 그만의 특질이 보여 그 사람 또한 특별한 사람으로 보이는 경우가 많다.

하나의 포장이 그 물건의 값어치를 나타내는 것이 아니다.

해석해 보면 단순 포장만 보면 그 화려함이나 검소함으로 분류할 것이지만 화려한 포장에 비해 물건의 값어치가 적으면, 또 포장이 검소하지만 물건의 가치가 높으면 그것에 따라 의미가 달라지는 것 아닌가.

인간의 삶을 비교한다 해도 차이가 나야 얼마나 차이 날 것인가? 잘나봐야 인간 전체가 잘난 것 아니고 몇 가지에 해당하는 것으로 말미암아 부여받는 선물일 테고 못나봐야 몇 가지 못난 것인데 전체가 못난 것처럼 보이는 것 또한 이 얼마나 의미 없는 일이고 허망된 일인가 말이다.

부질없는 일에 정신을 소모시키지 마라. 인간은 누구나 비슷하게 살고 있다. 특별나게 우월한 사람을 나는 여태껏 찾아보질 못했다. 정신상에서 존경할 수 있는 인물도 그다지 많지 않았고 나를 리드해 갈 뛰어난 능력을 지닌 사람도 그다지 보질 못했다. 그저 나와 오십 보, 백보 차이로 앞서거니 뒤서거니 하는 사람들이 대부분이었다. 힘이 부치면 조금 늦게 걸었고 힘이 생기면 내가 그들보다 조금 앞서곤 했다.

그렇게 인생을 살아왔다.

돌아보면 별 것 아닌 것들이었다. 괜히 주눅 들었던 것도 내 감정이 내린 결론이었고 한 번 우쭐해 사람을 잠시 깔보고 대했던 것도 내 감정이 내린 못된 심사들이었다.

사람과 사람 사이는 이길 처지도 아니고 질 처지도 아니다. 서로 주섬주섬 챙기며 함께 살아갈 비슷한 운명을 지닌 사람들이었다. 그들 조직이 세상을 만들고 사회를 구성했으며 뜻을 같이 해 살아왔다. 그리고 그렇게 살아가도록 만들어진 세상에서 우리는 공동체 역할에 충실해야 할 따름이다.

우리는……

삶을 너무 무겁게 어렵게 접근하지 마라.

사람의 심리는 우물이
마를 때까지 그 우물물을 그리워하지 않는 허약한 단점이 있다.

방앗간에 오는 것은 모두 곡물인데도 알아차리지 못하는 사람이 있다. 풍향을 알려주는 것이 풍차라고만 알고 있으나 지푸라기도 풍향을 알려준다는 것을 생각하지 못하고 사는 사람이 있다.

내가 잘 있는 곳이면 그곳이 내 집이고 내 마을이다. 그럼에도 불구하고 남에게 보이는 것에만 신경을 써 정작 내가 편함을 누리고 사는 고마움을 잊고 사는 사람이 있다.

진정한 행복은 어떻게 매듭을 짓느냐보다 어떻게 시작했느냐에 달려 있다는 것을 모르는 사람이 있다. 결말에 대한 지나친 감정의 간섭으로 인한 것이다.

달도 차면 기우는 법이고 돼지도 살이 찌면 찔수록 기쁨보단 슬픔이 다가온다는 것을 모르는 사람이 있다. 풍요만이 즐거움인 줄 알고 사는 사람이다. 풍요로움이 영원하지 않다는 것을 모르고 풍요로움이 모든 낙인 줄 알고 사는 사람들이다.

낙엽 한 잎은 가을이 다가옴을 알리는 것이란 걸 눈치 채지 못하는 사람이 있다. 그리고선 삭풍을 맞이했을 때 비로소 어깨를 움츠리고 옷깃을 여미며 겨울준비에 허둥거리는 사람들이 있다.

가르치는 것이 곧 배우는 것이란 것을 모르는 사람이 있다.

우리는……

정말 우리는 많은 것을 모르고 산다. 그러면서 누구나 삶에 대해 다 아는 것처럼 행동하고 말한다. 삶의 이치란 지극히 단순한 깨달음이면서도 이를 모르고 산다. 이들을 불쌍하게 사는 사람들이라고 말하긴 어렵지만 그렇다고 그 시선을 거두기도 어려운 것을 어쩌랴.

진리를 깨우치고 사는 일이란 쉬운 일임에도 불구하고 가장 잊고 사는 어리석은 인간들이 바로 오늘의 내 모습이다. 사물은 본래의 모습 그대로인데 우리가 그것을 변화시켜 생각하고 확대하거나 위축시켜 내 감정 위주에 놓아버린다. 그리곤 그것을 진리라고 생각하고는 일방적인 생각 속에 가둬버린다.

가장 가까운 것에 있는 것일수록 그것의 이치를 모르는 경우가 많다. 절실하게 느끼기 전에는 그것의 소중함을 모르고 거대한 것에만 중요한 이치가 포함되어 있다는 착각에 쉽게 빠져든다.

우물물이 마르고서야 샘물의 중요성을 비로소 깨닫고 방앗간에 오는 것은 모두 곡물인데도 그 당연한 사실을 잊어버리고 풍향을 지푸라기를 통해서도 알 수 있는데 꼭 풍차를 통해서만 깨달으려 하는 이런 어리석은 우를 우리는 껴안고 사는 것이다.

형식에 매몰되고 의식은 심하게 굴절되어 삶의 여유로움을 잃어버렸을 때 우리에게 다가오는 것은 과연 무엇일까?

의욕상실이 홀연한 무게처럼 다가온다. 불행의 그림자가 행복을 덮어버리며 그늘을 만들더니 급기야 냉랭하고도 습한 기운으로 내 온몸을 감싼다.

가장 가까운 곳에 가장 간단한 이치가 숨어 있다. 삶을 너무 무겁게 어렵게 접근하지 마라. 많은 것을 생각하면 풀풀거리는 먼지와 같은 잡다한 것도 포함되어 정리되지 않은 가슴만 끌어안고 살게 된다.

행복과 불행은 미리 정해져 있지 않다

행복과 불행 중 어느 일편만 우리에게 허락하는 삶이 주어진다면
그것은 분명 권태롭다.

라로슈푸코가 한 말을 들어보자.

"커다란 불행이 어떤 것이고 커다란 행복이 어떠한 것인지는
알 수 없다. 행복과 불행은 그 크기가 미리 정해져 있는 것이 아
니기 때문이다. 다만 그것을 받아들이는 사람의 마음에 따라서
크기가 정해지는 것이다. 현명한 사람은 큰 불행도 작게 만들지
만 어리석은 사람은 작은 불행도 크게 만들어 허우적거린다."

한평생 살아가면서 실패 없이 성공만을 하면서 사는 사람은
없다. 역시 한평생 행복만 누리면서 사는 사람도 없다. 크고 작
은 차이는 있을지언정 비슷한 실패와 비슷한 절망에서 보내는
시기가 찾아든다.

아침 해가 종일 찾아드는 법은 없다. 그러길 바라는 것은 환

상이다. 실패가 찾아오면 당당하게 그것을 받아들이고 사실을 인정한 뒤 툭툭 털어버리고 새로운 마음으로 다시 그것을 되풀이 하지 않는 인생을 만들도록 해라.

행복이 찾아오면 겸손하게 받아들이고 불행이 찾아오면 마찬가지로 다시는 불행을 맞이하지 않기 위해 차분한 마음으로 희망을 새겨라.

성공도 실패도 행복도 불행도 미리 정해져 있는 것이 아니다. 성공은 성공대로 이유가 있고 실패는 실패대로 이유가 있는 것처럼 행복을 맞이하거나 불행을 맞이하는 것도 다 이유가 있다. 절로 그것들이 생겨나고 만들어지는 것은 아니다.

불행을 느끼고 사는 사람들은 왜 유독 나만이 하는 한탄으로 자신의 삶을 상실하고 있다. 그러나 불행은 나에게만 있는 것이 아니라 누구나 끌어안고 산다. 다만 불행의 크기가 다를 뿐이다. 행복도 나만 행복한 것이 아니라 누구나 다 행복함을 간직하고 산다. 다만 행복의 크기가 다를 뿐이다.

내 삶을 풍요롭게 하고 의미 있는 삶이라고 확정지으려면 불행이나 행복의 크기를 얼마만큼 조절해서 만족한 수준에 도달케 하느냐이다. 그래서 행복과 불행은 남이 가져다주는 것이 아니라 내가 받아들이고 느끼는 것이다. 그 느낌의 정도만 있을 뿐이다.

행복이 절정인 순간에도 어느 정도 불행을 껴안고 살게 되어 있고 절망스런 불행을 맞이한 순간에도 그것을 밀쳐낼 행복의 인자 또한 내가 껴안고 산다는 것을 잊지 마라. 그래서 절망 속에서 우리를 살아남게 만드는 것이고 그래서 인생은, 아니 이 세상은 살아볼 만한 곳이 되는 것이다.

행복은 긴 시간을 허락하고 불행은 거기에서 빨리 벗어나 소생케 하는 광합성을 지니고 있다. 행복과 불행 중 어느 일편만 우리에게 허락하는 삶이 주어진다면 그것은 분명 권태롭다. 적당히 행복하고 적당히 불행하면서 그것을 즐기듯 살아간다면 뭔가 탄력적인 긴장감이 새로운 인생을 창조시킬 수도 있다는 생각이다. 그러니까 행복과 불행을 내 의지대로 이끄는 것이다.

우리는 오늘 라로슈푸코가 한 말의 한 줄에 커다란 의미를 찾고 밑줄을 긋자.

"현명한 사람은 큰 불행도 작게 만들지만 어리석은 사람은 작은 불행도 크게 만들어 허우적거린다."

후회하지 않는 삶을 살아라

후회는 과거를 회상함으로써 그 존재를 나타낸다.

후회는 지금 해야 할 일을 하지 않을 때 생기는 것이다. '후회는 그 사람이 후회할 일을 하지 않겠다고 결심을 할 때에만 진실한 것'이라고 탈무드는 지적하고 있다.

스스로 자신의 앞날을 지시하라. 어떻게 살아가야 한다는 것은 너무도 쉽게 드러난다. 바보가 아닌 이상 모를 리가 없다. 자기의 앞날을 스스로 지시한다는 것은 후회하지 않는 삶을 살 수 있는 희망의 메시지이기도 하다.

사람은 살아가면서 치적을 만들어 가야 한다. 치적은 곧 그 사람이 살아온 올바른 길이 있음을 증명하는 것이다. 그 길엔 항상 사랑이 깃든 삶이 있고 남을 위해 헌신하는 따뜻한 삶이 깃들어 있다. 이 또한 후회하지 않는 삶을 살고 있다는 증명이 되기도 한다.

사람에게 주어지는 영광이란 그리 오래 가지 않는다. 우리는 그런 영광을 맛보길 희망하면서 또한 그 영광이 영원할 것이라고 믿는다. 그러나 그렇지 않다. 영광은 오래 가지 않는다. 그런 날이 올 것을 미리 깨닫고 있었다면 영광이 사라진 뒤에도 결코 절망하거나 낙망하는 일없이 초연한 상태로 그 순간을 맞이할 것이다.

영광엔 쉼표가 없다. 양철지붕에 덮여진 빗물 같아서 짧은 시간의 햇빛에도 금방 말라 버리고 흔적 없이 사라져 버린다. 그래서 그 영광의 물기가 마르기 전에 얼른 새로운 영광의 물기를 마련해야 하는데 그래서 영광의 지속이란 오래 두기 힘들며 오래 가지 않는 것이라고 단언하는 것인지도 모른다. 이런 깨달음 또한 후회 없는 삶을 살아가는데 필요한 것이라 생각하고 평한 삶을 살도록 노력해야 한다.

후회는 과거를 회상함으로써 그 존재를 나타낸다. 충실하지 않은 삶을 살았을 때 하는 자책이고, 태만으로 말미암아 다시는 그 일을 행할 수 없을 때 느껴지는 회한이다.

눈물로 만나지는 후회는 그러나 과거의 일로 미루어두고 자신의 가슴속에서 얼른 털어내는 것이 상책이다. 아무리 붙들고 있어봐야 후회가 영광스러운 일로 돌아올 리 없다. 더 중요한 것은 지금 후회를 딛고 선 이 자리에서 다시는 후회하지 않는 삶을 만들어내는 것이다.

후회는 오늘의 관점에서 보는 과거이다. 미래로 연결되어선 안 되는 괴물과 같은 것이다. 후회는 현재의 자리에서 내뱉는 쓸쓸한 독백이어야 한다. 미래까지 가지고 가선 안 된다.

후회는 한 번이면 족하다. 두 번, 세 번 반복하는 후회는 그 횟수만큼이나 나의 인생을 절망케 한다. 소생하고자 하는 희망과 찾아오는 행복을 버리는 일이다.

크게 심호흡하며 이산화탄소와 같은 후회를 날려버려라. 그리곤 다가올 희망을 찾아보아라. 이내 그것이 내 곁에 있음을 느끼고 미소를 지을 것이다. 그 미소를 얼굴에 오랫동안 바르고 있으면 그 시간만큼 내게 선물로 주어질 것이다. 풍요로운 삶을 누리며 사는 행복한 인생은 바로 그런 것으로 존재하는 것이다.

'후회는 그 사람이 후회할 일을 하지 않겠다고 결심을 할 때에만 진실한 것'이라고 탈무드가 지적한 것을 기억한다면 살아가는데 많은 도움과 용기와 애정이 생겨날 것이다.

이 짧은 말속에는 정말 부정될 것이 하나도 없다.

자기 세계를 만들어라

사람이 저마다 생김이 다르듯 사람들마다
만들어 가는 자기의 세계는 다르다.

이보다 진정한 것이 없다.

현명한 사람은 손에 넣을 수 없는 것에 관심을 두지 않는 것처럼 내가 할 수 없는 일을 찾지 않는다.

내가 할 수 있는 일을 완성하기 위해선 분명한 자기 세계가 그려져 있어야 한다. 자기 세계가 완성되어야 한다. 그렇지 않으면 모두 공상에 불과하며 허상에 빠질 뿐이다.

자기 세계란 자신만의 계획을 말하며 내 인생의 설계도면을 말한다. 그림을 그리려면 어떤 그림을 그리는 화가가 될 것이며 건설을 하려면 크기가 어떤, 어떤 필요성에 의해 그것을 지으려 하는지 목적이 뚜렷해야 한다. 목적이 없으면 나의 세계란 없다. 그저 남들이 만들어 놓은 세상에서 남이 지시하는 대로 그런 삶을 살아가야 한다.

헤겔은 다음과 같이 말한다.

"사람은 자신을 의탁할 세계를 가지고 있어야 한다. 자기의 마음속에 그리고 있는 자기의 세계에 과연 충실했느냐, 그렇지 못했느냐가 가장 문제이다.

사람에게 가장 슬픈 일은 자기가 마음속에 의지하고 있는 세계를 잃어버렸을 때이다. 나비에게는 나비의 세계가 있고 까마귀는 까마귀의 세계가 있듯이 사람도 각자 자기가 믿는 바에서 정신의 기둥이 될 세계를 가지고 있지 않으면 안 된다. 만약 그대가 마음과 전혀 동떨어진 곳에서 헤매고 있거든 빨리 자기의 세계로 돌아가야 한다.

사람에게 비극은 마음속에 따뜻하게 자리 잡아 두었던 자기의 세계를 놓쳐버리는 데서 시작이 되는 것이다. 조그마한 자아의식을 버리도록 하라! 될 수 있는 대로 자아의식을 버리고 보다 큰 또 하나의 자아를 발견하는 것이 참된 교양이며 그 조그마한 자아의 껍질을 어느 정도 벗어버리느냐에 따라 교양의 깊이가 결정되는 것이다."

어떤 형태로든 자기의 세계를 만들어야 한다. 그것이 목적이 되어 충실한 자기만의 세계를 만들고자 노력해야 한다. 자기의 세계가 없다는 것은 깊이 있는 삶을 살고 있지 못하다는 반증이기도 하다.

자기의 세계가 없으면 주관적인 삶을 살 수 없다. 자기의 의지대로 사는 것이 아니라 남의 의지에 떠밀려 살아가게 되는 것이다. 자기의 세계가 있다는 것은 뚜렷한 자기의 결정대로 움직여 살고 있다는 것이다.

자기의 세계가 마련된 사람은 하늘을 마음대로 날 수 있는 공간을 마련한 사람이지만 자기의 세계가 없이 사는 사람은 땅을 기어 다니며 오로지 먹이를 찾기 위해 후각만 발달시킨 미물들과 별반 다르지 않다.

높이 나는 새가 세상을 멀리 볼 수 있듯이 자기 세계를 만든 사람은 얼마든지 창공을 훨훨 날아 비상할 수가 있다.

확고한 정신세계를 갖도록 해라. 주관이 뚜렷하고 자아의지가 강하며 내면에 깃든 목적을 위해 올인하는 노력으로 나의 긍지를 키우도록 해라. 해낼 수 있음과 내 능력의 긍정은 곧 성공의 길이며 내 인생을 참되게 만드는 정확한 길임을 의심하지 마라.

사람은 저마다 생김이 다르듯 사람들마다 만들어 가는 자기의 세계는 다르다. 하지만 다르지 않은 것이 있다면 꼭 그렇게 해내고야 말겠다는 의지와 신념이다. 이것은 누구나 함께 공유해야 할 정신세계이다.

조금만 더, 아주 조금만 더 노력한다면

노력한다고 해서 모든 것이 다 이루어지면
인생의 고초도 있을 리 없다.

사람과 사람의 능력 차이라는
것이 얼마나 작게 나타나는 것인가를 비유해 보겠다. 야구를 좋
아하는 사람은 다음에 내가 말하는 뜻이 아주 쉽게 이해될 것이
다.

타자가 있다. 한 사람은 2할 5푼의 선수이고 한 사람은 3할 5
푼의 선수이다. 이들의 차이는 대강 따져도 3할 5푼의 선수는 2
할 5푼의 선수보다 열 번 타석에 들어섰을 때 하나 정도의 안타
를 더 쳤다는 차이가 있을 뿐이다. 그런데 낮은 타율의 선수는
2군행을 고민하거나 은퇴를 고려하거나 연봉이 아주 낮을 것을
감수해야 하고 3할 5푼의 선수는 수위타자를 넘나들면서 연봉
은 수십 배가 더 높고 스타로서 많은 인기를 얻게 된다. 열 번

타석에 들어가서 한 번 정도 안타를 더 쳤을 뿐인데 차이는 이렇게 크게 나타난다.

그리고 타자가 일루까지 전력 질주했을 때 열 명의 선수가 있다면 그 중 아홉 사람은 불과 20센티미터 정도의 차이로 아웃되거나 세이프 된다고 한다. 바로 20센티를 극복하지 못해 아웃되고 20센티를 극복해 안타를 기록해 타율을 올릴 수 있는 것이다.

이 미세한 차이가 성공과 실패를 판가름한다고 했을 때 다른 모든 것들도 이와 별반 다르지 않다. 결국 몇 퍼센트만 더 노력하면 된다는 등식이 성립된다.

사실 노력이란, 말처럼 그리 쉬운 것이 아니다. 노력한다고 해서 모든 것이 다 이루어지면 인생의 고초도 있을 리 없다. 그러나 일단 삶의 방향을 정한 후 노력해야 하는 것은 당연히 해야 할 과제인 것만은 분명하다. 노력 없이 이루어지는 일은 세상에 하나도 없다는 불변의 진리가 있으니까.

베토벤과 가까웠던 그의 친구는 베토벤의 노력에 대해서 이렇게 말하고 있다.

"세상 사람들의 귀에 익숙한 몇 마디가 최종적으로 다듬어지기까지 얼마나 많은 시간이 소요되었는지 사람들은 상상하지 못할 것입니다. 그리고 다듬어지기 전의 곡을 듣게 되면 또 한 번 놀라게 될 것입니다. 너무나 평범한 곡이기 때문이죠. 갈고 닦으면 닦을수록 더욱 더 훌륭한 작품이 나오게 되는 겁니다."

갈고 다듬어지는 노력을 우리는 별 것 아닌 것처럼 생각하는 경우가 있지만 이는 뼈를 깎는 고통을 수반한다. 갈고 다듬는 것은 비단 음악이나 문학에만 해당하는 것이 아니라 인격도 마찬가지이고 세상의 모든 장르에서 다 나타난다.

뼈를 깎는 듯한 노력은 개인의 운명을 바꾸는 것은 물론 인류의 역사도 새롭게 쓸 수 있다는 것을 기억하라. 그래서 항상 노력하라는 말을 되뇌고 있는 것이다.

노력은 성공의 전제다. 노력이 있은 다음에야 모든 결실을 맺을 수 있고 결과를 기약할 수 있다. 세상에 거저 얻어지는 것은 없다. 땀을 흘린 만큼 얻을 수 있고 힘들었던 만큼 업적을 쌓을 수 있다.

사람들의 삶에는……

사람들의 삶에는 비슷한 문명이 공존하고 비슷한
물질을 공유하며 때론 그것들을 더 누리고자 한다.

사람들의 삶에는

삼단계가 있을 뿐이다. 태어나는 것, 살아가는 것, 죽는 것이다.

이 극단적인 정의를 피해 갈 사람은 하나도 없다. 중요한 것
은 그 삼단계를 거치면서 우리가 그것들을 어떻게 맞이해야 하
는 것에 대한 물음이다.

이 중에서 누구에게나 분명하게 달라지지 않는 것은 태어나
는 것과 죽는 것이라고 정의하자. 그러나 환경에 따라 달라지는
것은 내가 어디에서 태어나느냐에 따라 살아가는 방법이 달라
지는 것이다. 의식의 변화를 가져오는 것도 분명하다. 이것은
진보나 발전을 가져오기도 하고 정체를 가져오기도 한다.

아프리카 남부의 칼라하리 사막에는 지금도 석기시대처럼 문

명을 등지고 사는 부시맨이 있다. 이들은 무려 2만 년이라는 오랜 세월동안 종족을 보존해 오면서 다른 동족들과 결코 싸움을 벌인 적이 없었다. 물론 먹을거리가 풍부한 지역을 놓고 싸울 뻔한 일은 있었지만 그럴 때면 부시맨들은 도망쳐 다른 지역에다 주거지를 만들었다. 그래도 환경이 좋고 비옥한 땅은 마찬가지여서 살아가는데 전혀 불편이 없었다. 굳이 남과 싸울 필요가 없었고 사냥할 필요성을 느끼지 못했으며 땅을 경작할 필요도 없었다.

그들에게 진보나 문명의 발전은 풍요로운 그 환경 자체로 정지되고 그들의 삶 또한 정지되고 말았다. 살아가는 방법론에 있어 그런 삶이 더 행복한 삶이 아니겠느냐고 주장하는 사람들도 있겠지만 그러나 우리는 부시맨이 아니고 그런 환경을 가지고 있지도 않다.

인간은 때론 역풍에 반항하며 싸워서 이겨내는 위대한 존재의 삶을 택하는 것이 얼마나 좋은가. 다행히 그런 환경에서 존재하고 있기에 부시맨이 그 오랜 세월, 똑같은 패턴의 삶을 이어올 수 있었지만 대개는 그런 환경을 얻고서 살기가 쉽지 않기에 그들을 비유하고 동경하는 것은 무리가 있다고 생각한다.

원초적인 인간의 삶은 대개가 풍요로운 것보다는 부족함이 많고 그래서 그 부족함을 채우기 위해 노력하는 것이고 척박한 환경을 극복하기 위해 창조와 발견을 추구하는 것 아닌가. 그런 다음 이루어내는 풍요와 문명.

나는 그런 삶을 권유한다. 백없는 삶을 살아가는 것보다는 굴곡 있는, 보다 윤택하고 문명스러우며 삶의 질을 높이는 그런 삶을 택하라고 권하고 싶다.

지금은 원시시대가 아니다. 문명의 차이가 몇 백 년 차이가 나는 삶을 사는 것이 아니다. 사람들의 삶에는 비슷한 문명이 공존하고 비슷한 물질을 공유하며 때론 그것들을 더 차지하고 문명이 주는 혜택을 더 누리고자 한다.

그러나 여전히 자신이 살아온 방식 그대로를 원하며 그것에서 행복을 찾으려는 사람들이 지구촌 한구석에서 존재한다.

파우니족 추장 컬리 치프는 자신의 부족을 지키며 평화롭게 살고 있었다. 그런데 어느 때부턴가 백인들이 들어오면서 자신의 부족들이 자칫 현대문명에 흡수될 것을 염려하여 다음과 같이 말했다.

오래전 이 땅에는 우리 인디언들만 살고 있었다. 그런데 어느 날부터 얼굴이 하얀 사람들이 우리들만 살아가는 이 땅에 나타났다. 우리 앞에 나타난 남자는 정부에서 보낸 관리로서 우리와 조약을 맺기를 원한다며 담요와 총, 라이터, 쇠그릇, 칼 등을 선물로 내놓았다. 추장인 나는 그것을 뿌리치며 말했다.

"우리에겐 들소와 옥수수가 있다. 위대한 정령께서 우리에게 이것을 주었으며 우리는 이것만으로 충분하다. 들소 가죽으로 만든 옷으로 겨울을 따뜻하게 날 수 있는데 담요가 왜 필요한

가? 담요는 필요 없다."

그러자 얼굴이 하얀 사람들은 소 한 마리를 몰고 왔다. 나는 나의 부족에게 이렇게 말했다.

"암소 한 마리를 들판에다 갖다 놓아라."

나의 부족이 암소 한 마리를 들판에 풀어놓았다. 그러자 나는 활을 쏘아 정확히 명중시켰다. 암소는 그 자리에 쓰러져 죽었고 내가 말했다.

"이 화살로도 충분하다는 것을 보았는가? 난 당신들의 총이 하나도 필요하지 않다."

그리곤 돌칼을 꺼내 나는 암소의 가죽을 벗기고 고기를 잘라냈다. 그리곤 말했다.

"나는 당신들의 칼이 필요하지 않다. 보라! 위대한 정령은 내게 물건을 자를 돌칼을 주었지 않은가!"

그런 다음 부싯돌로 불을 지피고 잘라낸 고기를 그 불에 구웠다. 고기가 익어가는 것을 바라보며 또 말했다.

"그대들은 보았는가! 위대한 정령은 우리에게 사냥을 하고 땅을 일굴 도구를 주었다. 그러니 당신들은 다시 온 나라로 돌아가라. 우리는 당신들의 선물을 원치 않으며, 당신들이 우리 땅에 들어오는 것도 바라지 않는다."

자신의 삶의 방식은 환경과 습관과 전통에서 비롯된다. 어느 삶의 방식이 더 나은 것인가에 대해 정의를 내리기 어렵다. 하지만 문명의 발전은 계속 지속되고 더 나은 삶을 찾고자 하는 욕망을 포기할 수 없는 것이 현대생활이라면 우리가 어떻게 살아갈 것인가 하는 고민이 필요할 때이다. 그러나 문명은 사람의 삶의 질을 높이기도 하지만 정신의 황폐를 가져오는 존재이기도 하다는 것은 잊지 말아야 한다.

리더를 꿈꾸려거든

인간에 대한 관심과 애정 없이는 훌륭한
리더가 될 수 없다.

리더가 되려는 사람이
가장 먼저 갖추어야 할 덕목은 다른 사람에게 관심을 가져줄 따
뜻한 심성을 가지고 있어야 한다는 것이다. 근본적으로 사람을
사랑하지 못하는 사람은 존경의 리더십을 가질 수가 없다.

사람을 사랑하는 마음 없이 어떻게 사람들을 이끌어 갈 수 있
겠는가. 리더십이란 바로 따뜻한 인간미를 말한다. 아무리 학식
이 뛰어나고 냉철한 이성을 가진 사람이라도 인간에 대한 관심
과 애정 없이는 훌륭한 리더가 될 수 없다.

그리고 리더에게는 언제나 사람의 능력을 어떻게 이끌어내고
어떻게 활용할 것인가를 생각해야 할 책임이 따른다. 그리고 사
람을 파악하는 능력을 키워야 한다. 한 번 결정을 내렸으면 단

호한 태도로 밀고 나가는 자세가 필요하다. 그리고 판단이 빨라야 한다.

이러한 조건이 갖춰진 뒤 리더는 어떻게 리더십을 발휘해야 할 것인가.

에디슨은 초등학교 1학년을 중퇴했기 때문에 수학에는 제로였다. 그럼에도 불구하고 그는 수학의 중요성을 인식했으며 그래서 유능한 수학자를 많이 고용했다. 그리곤 그는 리더십의 본질이라고 할 수 있는 유명한 명언을 남겼다.

"수학자는 내가 필요하면 얼마든지 고용할 수 있다. 그러나 수학자는 나를 고용할 수 없다."

많은 인재를 조직화 하고 이를 시스템화 하는 어려운 문제가 있는데 이를 어떻게 전개해 나가야 하는 것을 연구하고 실천해 나가는 것이 진정한 리더의 리더십이라고 나는 생각한다.

역사상 가장 뛰어난 리더십을 발휘한 사람 가운데 한 사람이 알렉산더 대왕이었다. 그는 젊은 나이에 뛰어난 리더십을 발휘해 유럽에서 인도에 이르는 대륙을 석권하였는데 전쟁터에서 말라리아에 걸려 숨을 거두기 전 주위에 있는 장군들을 둘러보며 이렇게 말했다.

"나의 후계자는 너희들 중에서 가장 강한 자가 되라."

알렉산더가 이렇게 말한 데에는 이유가 있었다. 설령 자기가 후계자를 지명한다 하더라도 자기가 죽고 나면 결국 실력이 있는 자에게 권력이 돌아가고 말 것이라는 것을 그는 잘 알고 있었기 때문이다.

영국의 탐험가 어니스트 섀클턴경은 갖은 역경을 딛고 불가능해 보였던 목표를 이루어낸 리더십의 사람이다.

1909년 남위 88도 23분, 그때까지 자연이 허락한 최남단에 도달했지만 남극점 정복은 2년 뒤 아문센에게 양보해야 했다.

아문센과 경쟁하던 스콧이 조난을 당해 죽자 섀클턴은 1914년 남극 횡단에 재도전한다. 하지만 빙산에 부딪쳐 엘리펀트 섬에 표류하고 말았다.

굶주림과 추위, 서서히 다가오는 죽음 앞에서 섀클턴은 무모하지만 단호한 결정을 내린다. 소형보트를 저어 1,300킬로미터나 떨어진 사우스조지아 섬 포경기지에 구조를 요청하기로 했다.

백고천난 끝에 사우스조지아에 도착했지만 그러나 불행하게도 그곳은 기지와는 정반대쪽이었고 섀클턴은 다시 맨몸으로 50킬로미터의 얼음계곡을 넘어 기지에 도착한다. 결국 구조선을 이끌고 엘리펀트 섬에 남아 있던 22명의 대원을 모두 구조하게 된다.

비록 횡단은 실패했어도 500일 동안 남극의 어둠과 추위를 뚫고 한 명의 희생자 없이 전 대원을 고국 땅에 내려놓은 것이다.

한 번도 남극점을 밟아본 적이 없는 섀클턴이 전설적 영웅이 된 것은 그런 불굴의 지도력 덕분이었다. 아문센과 스콧, 섀클턴 모두와 탐험한 적 있는 지질학자 레이먼드 프리슬리는 이들을 이렇게 말했다.

"과학적 리더십이 필요하면 스콧을 부르고 신속한 정복을 바란다면 아문센을 불러라. 그러나 절망적 상황에서 길이 보이지 않을 때 나는 섀클턴을 보내달라고 기도할 것이다."

리더는 용감해야 한다. 어떤 상황에서도 불굴의 의지를 보이며 리더로서의 책무를 느끼고 있어야 한다. 그래서 리더는 리더의 역할로 구분되어 존중을 받는 것이다.

칭찬에 인색하지 마라

칭찬의 철학 한가운데에는 사람의 마음을 움직이는
가장 큰 원동력이 있다. 에너지가 있다.

칭찬해라.

인간의 행위에 관하여 중요한 황금률은 바로 이것이다. 아무리
무능한 사람일지라도 칭찬의 말을 들려주면 능력이 향상되고
열심히 노력하려는 의지가 생겨난다. 꾸짖거나 헐뜯는 것보다
칭찬할 만한 점을 찾아 칭찬해 주는 것이 사람의 능력을 키워주
는 비결이다. 사람의 장점을 발전시키려면 적당히 칭찬해 주는
것이 좋다.

칭찬의 철학 한가운데에는 사람의 마음을 움직이는 가장 큰
원동력이 있다. 에너지가 있다.

장래가 촉망되는 한 첼리스트가 처음으로 연주회를 열게 되
었다. 그는 처음 여는 연주회라 무척 긴장하면서 무대로 걸어

나가 관객들에게 인사를 하였다. 그때 객석에서 사람들이 웅성거리기 시작했다. 관객들의 모든 시선이 앞좌석을 향해 있었다.

"아니, 저 사람은 그 유명한 파블로 카살스가 아닌가?"

파블로 카살스는 에스파냐의 유명한 첼리스트였다. 그를 발견한 연주자는 가슴이 철렁 내려앉는 것 같았다. 자신과 같은 햇병아리 첼리스트 연주회에 당시 첼리스트 일인자로 손꼽히는 파블로 카살스가 찾아오리라고는 꿈에도 생각지 못했기 때문이다.

연주를 시작하면서 내내 그의 가슴은 긴장감으로 떨고 있었다.

"저 사람에게 나의 연주는 어떻게 들릴까? 아마도 너무나 형편없이 들릴 거야."

이런 걱정과 떨리는 심정으로 도저히 정신을 차릴 수가 없었다. 이미 연주가 끝났음에도 미몽에서 헤매는 듯한 기분이었다.

"와!"

이윽고 연주가 끝나자 관객들의 함성과 뜨거운 박수가 터져 나왔고 사람들은 모두 기립해서 촉망되는 연주자의 첫 연주에 환호했다. 그런 사람들 틈에서 카살스도 여느 관객 못지않게 열렬히 박수를 치며 환하게 웃고 있었다. 자신의 연주를 듣고 거장 카살스가 그렇게 열렬히 박수를 보내고 있다는 사실이 믿어지지가 않았고 이해할 수도 없었다.

자신의 연주 실력이 거장으로부터 기립박수를 받을 만한 실력이 안 된다는 것을 그는 누구보다 잘 알고 있었다. 그래서 카살스의 그런 행동은 의례적으로 하는 행동이라 생각했고 자신을 비웃는 박수라고 생각했다. 자존심이 강한 그는 관객들에게 인사를 마치고 도망치듯 연주회장을 빠져나왔다.

그 후, 몇 년이 흘렀다. 그는 첫 연주회 때 형편없었던 자신의 연주와 카살스에게 당한 창피를 만회하기 위해 오로지 연습에 연습을 거듭하며 자신의 실력을 연마해 나갔다. 그래서 마침내 세계적인 첼리스트가 되었는데 그가 다름 아닌 바로 세계적으로 유명한 러시아 태생의 첼리스트 피아티고르스키이다.

어느 날 피아티고르스키는 세계적인 음악가들이 모인 자리에서 거장 파블로 카살스를 만나게 되었다. 피아티고르스키는 그때의 연주회를 떠올리며 카살스에게 물었다.

"그때 나의 연주는 아주 형편없었소. 그런 저의 실력을 판별하지 못할 리 없는 당신이 왜 그토록 열렬히 박수를 쳐주었는지 저는 지금까지도 이해하지 못하고 있소."

그러자 카살스가 빙그레 웃으며 대답했다.

"그때 당신의 연주에서 지금 다른 것은 기억나지 않소. 하지만 그때 당신은 내가 오랫동안 표현해내지 못하던 음을 아주 훌륭하게 연주해냈던 것을 나는 똑바로 기억하오. 바로 이런 자세로 말이오."

카살스는 옆에 놓인 첼로를 들더니 당시 피아티고르스키가 연주하던 자세를 취해 보이는 것이었다.

"당시에 당신의 연주가 완숙하지 못했던 것은 사실이었소. 그러나 당신의 연주 가운데 열 가지 음이 엉망이었다고 해도 그중의 한 음은 분명 나보다 나았소. 나는 그날 당신의 연주회에 간 덕분에 그 음을 정확히 연주해 내는 법을 배울 수 있었소. 그건 나의 행운이었고 당신은 분명 나의 열렬한 박수를 받을 만한 자격이 있었소."

카살스는 그런 말을 남기고 웃음을 지으며 다른 음악가들의 무리 속으로 사라졌다. 그런 그의 뒷모습을 보는 피아티고르스키는 그의 뒷모습에서 거장다운 면모를 발견할 수 있었다.

좋은 아버지란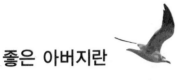

"나는 이다음에 커서 꼭 좋은 가정을 이끌 것이며
좋은 아버지가 될 것입니다. 저의 아버지같이."

좋은 아버지란

무조건 자식이 원하는 것을 다 들어주는 아버지가 아니다. 물질적인 풍요를 안겨 주고 자식이 어떠한 행동을 하던 그대로 방치하는 아버지가 아니다. 좋은 아버지란 라즈니쉬가 말한 그런 아버지여야 한다.

"우리는 웃어른들로부터 좋은 아버지가 되라는 이야기를 많이 듣는다. 그렇다면 좋은 아버지가 된다는 것은 어떤 의미를 지니고 있는 것인가?

아이들에게 아무 것도 강요하지 말아야 한다. 아이들에게 사랑을 베풀고 이해를 주어야 하며 선택은 항상 아이에게 있음을 명백히 하는 것이 좋다. 아이가 그대의 말을 따르고 싶다면 따를 수 있지만 그러나 그는 그 자신의 선택을 따르는 것이다. 만일 그가 따르고 싶어 하지 않는다면 그렇게 하지 않는 것도 자유다. 그는 그 자신의 선택을 따르고 있는 것이다.

그대는 그대의 아이를 사랑한다. 그러므로 그대의 경험을 그에게 주라. 하지만 그것을 강요하지는 말아야 한다. 그로 하여금 이해하게 하라. 이해만이 유일한 법이 되게 하라. 아이가 자신의 이해를 따르게 하라.

이제 그는 이해할 것이다. 아버지는 단지 도와주는 사람이 되어야 한다. 아버지는 아이를 자기가 원하는 대로 만들어서는 안된다. 자신의 야망을 채우기 위해 아이를 이용해서도 안 되며 아이를 신중하고 강하게 만들어 아이 스스로 삶의 길을 추구할 수 있게 해주어야 한다. 아이를 지금보다 더욱더 독립적이 되게 하라.

좋은 아버지는 아이를 절대로 불구로 만들지 않는다. 아이를 아버지에게 의지하도록 강요하지 않는다. 좋은 아버지의 아들은 좋은 아들이 되고 만다. 아이는 어떤 노예가 되도록 강요받지 않을 것이기 때문이다."

어떤가, 이다음에 커서 정말 좋은 아버지가 되고 싶은 충동이 일지 않는가. 좋은 아버지가 되는 조건을 충족시키고 싶은 마음이 파도처럼 일어나지 않는가?

세월이 지나 한 가정을 이끌고 가족의 중심에 선 아버지가 되었을 때를 상상해 보라. 자식을 하나의 인격체로 존중하고 자식이 하고자 하는 일을 긍정하며 자식의 사고를 올바르게 이끌어주는 아버지.

세상에 자식에게 존경받는 아버지보다 훌륭한 아버지가 있을 수 있겠는가? 나는 없다고 단언한다.

"나는 이다음에 커서 꼭 좋은 가정을 이끌 것이며 좋은 아버지가 될 것입니다. 저의 아버지같이."

만일 아들에게서 이런 말을 들을 수 있다면 그 아버지는 세상에서 가장 행복한 순간을 맞이하게 될 것이다.

저의 아버지같이……

세상에 이 말보다 더 훌륭하고 감동스런 찬사가 어디에 있겠는가. 이 찬사에 반해서 아버지가 아들에게 보내는 가장 훌륭한 찬사는 어떤 말이 되겠는가?

"열심히 공부하고 부모말씀 잘 듣고 자기 목표가 뚜렷한 아이는 그렇게 많지 않을 거야. 많은 아이들이 그렇게 컸으면 좋겠다. 내 아들같이……."

이 또한 아버지가 아들에게 보내는 그 어떤 말보다 훌륭한 찬사는 없을 것이다.

나의 행복한 길

"사랑은 여기에 있습니다."
"사랑이란 꽃의 향기와 같나요?"

　　　　　　　　헬렌 켈러는 태어날 때부터
장애를 지닌 것이 아니었다. 부유한 집 외동딸로 태어난 그녀는
갓난아기였을 때 심한 병을 앓아 듣지도 말하지도 못하는 불행
한 사람이 되었다. 이러한 헬렌에게 설리번 선생님이 가정교사
로 오면서 헬렌의 인생에도 차츰 빛이 찾아들기 시작한다.

　설리번 선생님은 헬렌의 손바닥에 글자 하나씩을 가르쳐 주
고 아주 열심히 말도 가르쳤다. 결국 설리번 선생님의 노력으로
하버드대학에서 공부할 수 있었고 눈은 보이지 않고 귀는 들리
지 않으며 말도 하지 못하는 삼중고를 겪으면서도 그 고통을 극
복하고 노력한 끝에 우등생으로 졸업하고 사회복지를 위해 평
생을 바칠 수 있었다.

설리반이 처음 헬렌 켈러를 만났을 때 헬렌은 여섯 살이었다. 아무런 교육이 되어 있지 않아 헬렌은 음식을 손으로 먹고 마음에 들지 않으면 주위의 물건을 마구 집어던지는 야수 그 자체였다.

설리번은 그러한 헬렌에게 엄격한 교육을 실시했다. 때론 헬렌과 같은 방법으로 반항하면서 자신의 교육법을 강하게 주입하였고 힘들었지만 설리번은 헬렌이 익힐 때까지 인내를 가지고 끝없이 반복교육을 시켰다.

그 결과 1900년 20세가 된 헬렌은 하버드대학의 레드크리프 칼리지에 입학했다. 그때에 그녀는 이렇게 말했다.

"나는 이제 농아가 아닙니다."

지화법이나 점자, 발성을 배워 정상인 이상의 지식을 얻어서 대학에 입학한 그녀가 제일 먼저 건넨 첫마디였다. 그리고 4년 후 세계 최초의 대학교육을 받은 맹, 농아로서 그녀는 우수한 성적으로 대학을 졸업하였다.

장애를 딛고 일어선 위대한 여성 헬렌 켈러가 희망의 빛을 어떻게 발견했는지에 대한 일화가 있다.

어느 날 헬렌은 정원에서 꽃 한 송이를 꺾어서 설리번 선생님에게 드렸다. 그러자 설리번은 손바닥에 이렇게 글을 썼다.

"나는 당신을 사랑합니다."

그러나 사랑이란 말을 이해하지 못한 헬렌은 고개를 갸웃했고 설리번은 그런 헬렌의 가슴에 대고 다시 이렇게 썼다.

"사랑은 여기에 있습니다."

"사랑이란 꽃의 향기와 같나요?"

헬렌의 물음에 설리번은 그렇지 않다고 분명하게 알려주었다.

며칠 후 헬렌의 집에는 아침부터 먹구름이 뒤덮여 있었다. 태양은 가려져 어둡고 바람이 불어 오후 내내 침울한 분위기가 계속되었다. 헬렌은 그것을 느낌으로 알 수 있었다. 그런데 갑자기 구름이 걷히고 햇살이 비치기 시작하자 헬렌은 기뻐하며 물었다.

"사랑이란 이런 것입니까?"

설리번 선생님은 헬렌의 손바닥에 다음과 같이 써내려갔다.

"헬렌, 사랑이란 태양이 나타나기 전에 하늘에 떠 있는 구름과 같은 것이란다. 구름은 비를 내리게 하는 것이지. 너도 비를 맞아보았지? 햇볕을 쬐고 난 뒤 비가 내리면 땅 위의 나무들과 꽃, 풀들은 기뻐한단다. 비를 맞아야 쑥쑥 자라거든. 이제 사랑이 무엇인지 알 수 있겠지?"

"네, 선생님."

"사랑이란 손에 잡히지 않는 것이지만 그것이 사람에게 부어져 있을 때, 비로소 알 수 있는 것이란다. 사랑이 없으면 행복할 수 없단다."

헬렌은 이렇게 진실한 설리번 선생님의 가르침을 받아 사랑을 배우게 되었고 희망의 빛을 발견하게 되었다.

헬렌은 자신에게 유일한 소원이 하나 있다면, 그것은 죽기 전에 꼭 사흘 동안만 눈을 뜨고 세상을 보는 것이라고 했다.

"만약 내가 눈을 뜰 수 있다면, 눈을 뜨는 첫 순간 나를 이만큼이나 가르쳐준 스승 '앤 설리번'을 가장 먼저 찾아갈 것이다. 지금까지 손끝으로 만져 익숙해진 그 인자한 얼굴, 그리고 그 아름다운 몸매를 몇 시간이고 물끄러미 바라보며 그 모습을 내 마음 깊숙이 간직해 둘 것이다.

그 다음엔 친구를 찾아갈 것이며, 그 다음에는 들로 산으로 산보를 나가리라. 바람에 나풀거리는 아름다운 잎사귀들, 들에 핀 예쁜 꽃들과 저녁이 되면 석양으로 빛나는 아름다운 노을을 보고 싶다.

다음날 일어나면 새벽에는 먼동이 트는 웅장한 광경을, 아침에는 메트로폴리탄에 있는 박물관을, 그리고 저녁에는 보석 같은 밤하늘의 별들을 보면서 또 하루를 보낼 것이다.

마지막 날에는 일찍 큰 길에 나가 출근하는 사람들의 얼굴 표정을, 아침에는 오페라하우스, 저녁에는 영화관에 가서 영화를 보고 싶다. 어느덧 저녁이 되면 건물의 숲을 이루고 있는 도시 한복판으로 걸어 나가 네온사인이 반짝이는 쇼윈도에 진열된 아름다운 물건들을 보면서 집으로 돌아올 것이다.

그리고 다시 눈을 감아야 할 마지막 순간, 사흘 동안이나마 눈으로 볼 수 있게 해주신 나의 하느님께 감사의 기도를 드리고 영원히 암흑의 세계로 돌아가리라."

위대한 생애를 보낸 사람의 뒤엔 바로 설리번 선생님과 같은 멘토가 있다. 우리는 살아가면서 이러한 스승을 만나야 하고 찾아야 한다. 그 길이 나의 행복한 길이다.

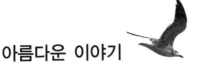

아름다운 이야기

세월이 흐르자 너무 늙은 가마우지는
더 이상 물고기를 잡을 수 없었다.

중국의 계림은 예로부터
신선이 살고 있다고 할 만큼 매우 아름다운 지방으로 사계절 관
광객들이 끊이지 않는 곳이다. 그곳에서 살아가는 사람들은 먼
옛날부터 가마우지 새를 이용해 물고기를 잡는 어업을 생업으
로 해 살아가고 있다.

가마우지는 검은 잿빛에다 날지 못할 만큼 작고 보잘 것 없는
날개를 지닌 새로서 길고 끝이 구부러진 주둥이와 긴 목으로 물
고기를 재빠르게 물어 채 커다란 물고기일지라도 쉽게 삼킨다.

이런 가마우지 새를 이용해 물고기를 잡는 것을 가리켜 이곳
사람들은 가마우지 낚시라고 하는데 이는 가마우지의 목 아랫
부분을 끈으로 묶어 가마우지가 물고기를 잡아 삼키지 못하도

록 한 다음 그것을 꺼내어 낚는 낚시방법을 말한다. 이 가마우지 방법은 관광객들의 모든 시선을 사로잡을 만큼 독특한 방법으로서 이것은 아주 오랜 옛날부터 내려온 전통적인 낚시 방법이다.

다음은 수백 년 동안 이어온 계림 사람들과 가마우지 간의 이야기로서 전설적으로 내려오는 아름다운 이야기이다.

이부는 이른 새벽 가마우지를 데리고서 강으로 나갔다. 전통적인 가마우지 낚시 방법으로 고기를 낚기 위해서였다. 강 한 가운데에 이르러 어부가 가마우지의 목을 묶자 이내 주인의 마음을 알아차린 가마우지는 능숙한 솜씨로 물고기를 낚아 올리기 시작했다.

이렇게 가마우지가 물고기를 채 올려 여러 마리의 고기를 잡을 수 있었던 어부는 더 이상 욕심을 내지 않고 이제는 가마우지가 마음껏 물고기를 먹을 수 있도록 가마우지의 목을 풀어주었다. 그러면 가마우지는 물고기를 잡아 배불리 먹었고 어부와 함께 집으로 돌아왔다.

이것은 매일 반복되는 어부와 가마우지의 일과이기도 했다. 한 번도 어부는 욕심을 내어 가마우지로 하여금 과도하게 물고기를 잡게 한 적이 없었다. 매일 그날그날 필요한 양만큼만 고기를 잡았다.

그러나 그런 일이 한없이 이어질 수만은 없었다. 세월이 흐르자 너무 늙은 가마우지는 더 이상 물고기를 잡을 수 없었다. 그러자 어부는 그동안 자신을 위해 평생 고기를 낚아준 가마우지를 위해 답례를 하기 시작했다. 혼자의 힘으로 먹이를 잡을 수 없었던 가마우지의 목에 손을 넣어 물고기를 삼키게 해주었다.

그것도 어느 정도 지나자 가마우지는 물고기를 삼킬 힘도 남지 않아 죽을 시간만 기다리고 있었다. 그러자 어부는 날씨가 화창하고 좋은 날, 가마우지를 안고서 강이 한눈에 내려다보이는 언덕에 올랐다. 그리곤 돗자리를 펴고 조그만 상 위에 술 한 병을 올려놓고는 가마우지와 마주앉았다. 힘없는 가마우지를 한참동안 쳐다보는 어부의 눈에는 은혜와 감사의 정이 가득했다.

어부는 정성스럽게 술을 따르더니 조심스럽게 가마우지의 입에다 부어넣어 주었다. 늙고 힘없는 가마우지는 주인이 따라주는 정성스러운 그 술을 받아 마셔 깊이 취하며 눈물을 흘리더니 이내 기다란 목을 땅에 누이는 것이었다. 평생을 동고동락해 온 가마우지의 이런 몸을 쓰다듬으며 하염없는 눈물을 흘리고 있는 어부의 머리도 어느새 하얗게 세어 있었다.

'다들 그렇게 하고 있다'로 자라나면

아이들의 사고방식은 그들이 자라는 동안에 보는 것, 듣는 것,
경험하는 것에 의해서 강렬한 영향을 받는 것이다.

어느 학부형의 둘째 아들이

최근 아무래도 깡패 무리에 끼어든 것 같다는 소문이었다. 그러
자 그 학생의 부모는 몹시 괴로워하고 있었다.

그를 알고 있는 사람들 역시 한결같이 놀라워했다.

"아니, 그 애가? 정말 믿어지지 않는군."

그 학생이 커온 성장과정을 한 번 살펴보는 것이 좋겠다.

여덟 살 때 어느 날 아버지와 같이 자동차로 드라이브를 했
다. 아버지는 점심을 먹으면서 술을 몇 잔 마셨다. 그래서인지
모르지만 아버지는 과속으로 달리다가 경찰관에게 걸리고 말았
다. 아버지는 단속에 걸린 것을 재수 없게 걸렸다고 투덜거리면

서 운전면허증을 내고 가만히 만 원짜리 몇 장을 경찰관에게 쥐어 주었다. 그러자 잠깐 주의를 받았을 뿐 무사하였다.

다시 자동차가 달리기 시작하였을 때 아들은 아버지에게 이렇게 말했다.

"그래도 괜찮은 거예요? 그건 뇌물이잖아요?"

"괜찮다, 다들 그렇게 하고 있다."

아버지는 쓴웃음을 지으며 대답했다.

아홉 살 때 아버지와 낚시질을 하러 갔었다. 잘 잡히지 않았기 때문에 아버지는 기분이 좋지 않았다. 돌아오는 길에 전철표를 살 때 아버지와 다음과 같은 대화가 오고 갔다.

"표를 한 장만 사오너라."

"한 장만요?"

"그래, 너는 체구가 작으니까 아직 학교를 가지 않은 애라고 하면 된다."

"하지만 그건 속임수 아닌가요?"

"상관없다. 다들 그렇게 하고 있다."

열 살 때 어느 날 아침 늦잠을 자버리고 말았다. 어머니가 지각 계를 써주셨다. 지각 이유에는 복통이라 적었다.

"어머니, 그건 거짓말 아닌가요? 늦잠을 자서 지각을 하는 건데."

"괜찮다. 다들 그렇게 하고 있으니까."

열한 살 때 어느 날 형과 싸움을 했다. 형에게 맞아 귀를 다쳤다. 이비인후과 의사한테 가려고 집을 나섰을 때 아버지는 이렇게 말했다.

"너는 학교에서 보험을 들고 있지? 이 부상은 학교에서 당한 것으로 하는 거다? 그렇지 않으면 보험금을 탈 수 없으니까."

"그래도 어떻게 그래요? 형한테 맞아서 다친 건데?"

"걱정할 것 없다. 다들 그렇게 하고 있다."

열세 살 때 여름방학 동안에 큰어머니께서 경영하고 있는 청과물가게에서 일을 거들어 주고 있었다.

어느 날 큰어머니께서 토마토를 상자에다 다시 바꿔 채우라는 지시를 받았다. 짓무르고 싱싱하지 않은 토마토는 상자 밑쪽에, 싱싱한 것은 상자 위쪽에 놓으라는 것이었다. 깜짝 놀라는 얼굴을 하니 큰어머니는 웃으면서 말했다.

"얘야, 걱정하지 마라. 다들 그렇게 하고 있다."

열네 살 때 친척들이 모였을 때 납세 이야기가 나왔다. 마침 세무신고의 시기였다. 아들은 그 이야기를 들었다. 특히 큰아버지가 말하는 신고를 속이는 방법이 재미가 있었다. 끝으로 큰아버지는 웃으면서 이렇게 말했다.

"학교에선 가르쳐 주지 않는 거다. 선생님이라도 이 방법을 가르칠 수는 없을 것이다. 그러나 이것은 사회 상식이다. 다들 그렇게 하고 있으니까."

열다섯 살 때 아들은 상점에서 물건을 훔치다 붙들렸다. 아버지는 경찰에 불려가서 엄한 주의를 받았다. 아버지는 용서해달라고 필사적으로 경찰관에게 부탁하였다. 그리고 아들을 꾸짖었다.

"엄마 아빠에게 정말 창피를 주는구나. 이 녀석아, 누가 그런 나쁜 짓을 하라고 가르치던?"

"엄마 아빠가 다들 그렇게들 하고 있다고 가르쳐주셨잖아요?"

아버지와 어머니, 큰아버지와 큰어머니는 이 말을 듣고 큰 충격을 받았다.

아이들의 사고방식은 그들이 자라는 동안에 보는 것, 듣는 것, 경험하는 것에 의해서 강렬한 영향을 받는 것이다. 도덕적 가치관도 결정된다. 우리들 부모, 선생님, 그리고 모든 어른들의 책임은 그래서 막중한 것이다.

바다는 어떤 강물도 마다하지 않고 받아들인다

바다가 어떤 강물도 마다하지 않고 받아들일 수 있는 것은
그것을 담아내는 거대한 그릇이기 때문이다.

자신감은 실천을 통해
생겨난다. 실패의 경험이나 성공의 기쁨이 자신을 싹트게 해주
는 것이다. 이것저것 생각할 시간이 있다면 먼저 행동하고 거기
에 모든 힘을 다 기울여야 한다.

바다는 어떤 강물도 마다하지 않고 받아들인다.

그렇듯 너희들도 너른 가슴으로 많은 것을 받아들여라. 그것
이 순명일 것이며 그것이 어떠한 상황에서도 나를 견딜 수 있게
하는 힘이 된다.

운명으로 만들어진 일들에는 불평을 가져선 안 된다. 다 소용
없는 일이며 오로지 환경에 적응하고 내가 해야 할 일이고 감당
해야 할 일이므로 묵묵히 완수해 나가야 한다. 모든 것을 운명

으로 돌리려는 사람은 운명의 장난에 농락당한다. 운명을 탓할 수는 있어도 운명을 변경할 수는 없다.

바다나 강에서 태어난 새끼가 강물이 너무 빠르게 흐른다고 불평을 할 수 있겠는가? 별로 깨끗하지 않다고 혹은 바다가 너무 넓다거나 파도가 거칠다고 불만을 나타낼 수 있겠는가? 묵묵히 헤엄칠 수밖에 없는 운명이므로 물고기는 오로지 헤엄쳐 나갈 방법밖에 없는 것이다.

어려운 일을 해냈을 때 그때까지의 과정이 아무리 고통스러웠다 해도 사람들은 그 과정을 통해 기쁨을 맛보게 된다. 결말에서 기쁨을 찾는 사람이 진정 성공한 사람이고 삶을 잘 진행시키는 사람이다. 어려운 일이 강할수록 그 어려운 일을 해낸 뒤의 기쁨이 더욱 크게 나타나는 법이다. 가벼운 일을 해내고서 기쁜 일을 느끼기는 어렵다. 그것은 누구나 쉽게 해낼 수 있는 일이기 때문이다.

그러나 중요한 것은 쉬운 일이든 아주 어려운 일이든 내게 주어진 일로서 그 임무를 완수해야 한다면 기꺼이 그것을 받아들이고 완벽하게 처리할 수 있어야 한다. 요란하게 일을 처리하는 것이 아니라 실속 있게 해야 한다. 남이 알아차리지 못할 정도로 거기에 몰입하여 자기 능력을 나타내야 한다.

소리를 내는 것은 시냇물이지 강물이 아니다. 강물은 표면적으로 잔잔한 것 같아도 강물 바닥에선 사납게 흐르는 것처럼 나에게 주어진 일은 그런 식으로 처리돼야 한다.

이는 인간관계에서도 마찬가지이다. 사람마다 개성이 있고 인식하는 것이 다르고 생각의 폭이 다르지만 이들 모두를 포용할 수 있는 마음의 그릇을 크게 만들어야 한다. 이를 포용력이라 한다면 그 포용력은 크면 클수록 남들로부터 존경을 받게 된다. 그리고 선망의 대상이 되며 어디서나 남들에게 사랑을 받게 된다.

바다가 어떤 강물도 마다하지 않고 받아들일 수 있는 것은 그것을 담아내는 거대한 그릇이기 때문이다. 아무리 마다하지 않고 다 받아들이려 해도 바다가 강물보다 거대하지 않으면 과연 받아들일 수 있겠는가? 거꾸로 생각해 강물이 어떤 바다든 다 받아들일 수 있겠는가? 죽어도 그렇게 되지 않는 일이다.

큰 사람이 되어라. 그리고 남을 받아들일 수 있는 너른 가슴을 지녀라. 그림자를 넓혀라. 그리고 그 그림자를 필요로 하는 사람에게 그것을 한껏 내주어라.

쉽게 열매를 따려 하지 마라

열매를 쉽게 따려면 기다림의 시간을 허락하여야 한다.
세상 만물의 이치가 다 그렇다.

인간은 저마다 아주 짧은 시간에
삶의 열매를 따려 한다. 그러나 열매는 결코 짧은 시간에 자기
를 허락하지 않는다. 그 열매가 생기기까지 수천 년의 시간이
필요했다는 것을 우리에게 일깨우고 있다.

여름이 얻어 둔 것을 겨울이 먹는다.

단번에 위대한 인간이 될 수 없는 것처럼 단번에 성공을 거두
거나 수확을 하는 일은 있을 수 없다. 성공이란 서서히 진행되
는 과정이지, 경련적인 폭발이 아니기 때문이다. 한 발 한 발 내
디디면서 종내 장밋빛 인생에 도달하는 것이다.

인간에게 성공을 가져다주는 일은 그 근원적이거나 전체를
한꺼번에 해낼 수 있는 힘이 아니다. 조금씩 작은 것에서부터

큰 것으로 옮겨 가 하나하나 습득하고 이뤄내는 것이다. 단계를 필요로 하는 것이다.

시간이나 물체, 거리의 가분성은 우주 전체의 기본 법칙이다. 하루는 시간으로 쪼개지고 시간은 다시 분과 초로 쪼개지며 킬로미터는 미터로, 센티미터와 밀리미터로 쪼개진다. 이것이 실제 삶의 리듬이다.

하루를 리듬으로 잡아 먼저 분과 초를 훌륭히 처리하면 하루는 그만큼 충실하게 담보되는 것이고 센티미터와 밀리미터를 내가 가야 할 거리로 잡으면 킬로미터는 곱셈의 원칙에 따라 분명하게 측정된다.

인간의 삶에 비약이나 가정이란 있을 수 없다. 흔히 지나간 날들을 아쉬워하고 만약 다른 방법을 선택했다면 하는 사람들은 현재 실패한 사람들인 경우가 보통이다.

세상의 일은 무엇이든 노력하는 결과에 의해 나타나며 때를 기다릴 줄 알아야 한다. 쉽게 이루어지는 일이 없음에도 불구하고 너무 안일하게 생각해 기대치를 높게 갖는 사람, 조급함에 빠져 그저 행운만을 기대하는 사람은 그 바람을 이룰 수 없다.

열매를 쉽게 따려면 기다림의 시간을 허락하여야 한다. 세상 만물의 이치가 다 그렇다. 노력 없이 이루어지는 결과 없고 기다림 없는 열매의 숙성은 없다. 건물도 골격이 튼튼하면 내구성이 좋다. 그러나 겉모양만 화려하고 골격이 튼튼하지 못하면 그 건물은 얼마 못 가 무너져버리고 만다. 바로 그러한 이치이기도 하다.

　모든 일은 때가 지나야 하며 그 과정에서 이룩하는 모든 일들은 기초가 튼튼해야 한다. 기초가 튼튼하지 못하면 아무리 때가 되어 목적을 이루어도 그것이 온전할 리 없다. 마찬가지로 열매를 수확하기까지 그저 기다리는 것이 아니라 비료를 주고 알맞은 양분을 주며 정성스레 가꾸어야만 좋은 열매를 수확할 수 있는 것이다.

길을 묻는 것이 헤매는 것보다 낫다

길을 잘못 들었으면 깨끗이 인정하고
바른 길을 묻도록 하라.

바다 위를 가는 배는
한 개의 항로밖에 갖고 있지 않다. 오로지 계기가 지시하는 방
향대로 가기만 하면 된다. 하지만 인간의 길은 그렇지 않다. 분
명 내가 가야 할 길이라고 생각해 왔는데도 그 길이 내가 가야
할 길이 아니고 방향마저 잃어버릴 때가 있다. 그럴 때 우리는
어떻게 하는 것이 현명하고 옳은 길인가.

우리에겐 길을 잃었을 때 길을 물어볼 멘토가 필요하다. 나침
반의 지시처럼 인생길에는 단순하게 동서남북만을 제시하는 것
이 아니라 무수한 일과 무수한 길이 나타나 내가 가야 할 진정
한 길을 찾지 못하고 헤맬 때가 있다. 이럴 때 나를 성공의 길로
안내해 줄 스승이 정말 필요하다.

인생을 살아가다 보면 때론 나를 절망케 하는 실패도 경험하게 될 것이고 때론 나를 환희의 꼭대기에 올려놓을 성공도 맞이하게 된다. 인생이란 어느 일면으로만 흐르지 않기 때문에 이 둘의 경험과 동행하게 된다. 이때도 이를 조절해 줄 스승이 필요하다. 성공은 성공대로 좌절은 좌절대로 필요한 신념이 생겨나기 때문이다.

자신의 안테나를 어떤 주파수에 맞추느냐에 따라 인생이 달라지는데 이 시기의 방향에 따라 어떤 가능성으로 성장할 것인가 결정된다고 생각한다. 그러니까 이 시기는 가능성의 미확정 지대가 되는 셈이다. 이런 미확정의 시대를 맞이할수록 정말 나를 이끌어 줄 스승이 필요하다.

길을 가보지 않고 그 길이 어떻다고 말하지 마라. 일을 해보지도 않고 자신의 능력을 비교하지 마라. 분명한 것은 자신의 의지에 따라 정복할 수도 있고 실패할 수도 있다는 것을 알아라.

괴테가 말했다.

"구름 속을 아무리 보아도 거기에는 인생이 없다. 반듯하게 서서 자기 주위를 보라! 자기가 인정한 것을 우리는 붙들 수가 있다. 귀신이 나오든 말든 나의 길을 가는데 인생이 있다. 그렇게 앞으로 나아가는 동안에는 고통도 있으리라! 행복도 있으리라! 어떠한 경우에도 인생은 완전한 만족이란 없는 것이다. 자기가 인정한 것을 힘차게 찾아 헤매는 하루하루가 인생인 것이다."

　이렇듯 성공과 실패는 누구에게나 찾아오는 것이란 걸 깨달았다면 그 자체로 행복한 일이고 다행한 일이라 할 수 있다. 그래야 성공이 찾아오면 그 성공을 겸허히 받아들이면서 성공 뒤에 찾아올 실패에 대비할 것이고 실패가 찾아오면 반드시 실패 뒤에 성공이라는 행복한 순간도 맞이할 수 있다는 희망을 간직할 수 있기 때문이다.

　독불장군처럼 혼자만의 길을 고집하지 마라. 길을 잘못 들었으면 깨끗이 인정하고 바른 길을 묻도록 하라. 길이 아닌 길을 가면서도 그것이 나의 길이라고 고집하는 일은 그 결과가 너무 혹독하다. 길을 물으면 될 것을 그것이 마치 수치스러운 것처럼 생각되어 여전히 길을 가보는 행태는 가장 어리석은 사람이 저지르는 행동일 뿐이다.

　확정된 길이라고 나의 신념이 지시한 길이라면 당당하게 그 길을 가라. 내 마음의 지도뿐만 아니라 이미 그 길이 잘 닦여진 길이라면 망설일 것이 없다.

산마다 그 나름의 골짜기가 있다

내 삶의 흔적을 남기기보다
내 삶의 면적을 남기는 것이 중요하다.

사람마다 살아가는 문법이
다르다. 결코 같을 수가 없다. 자기의 문법이 필요하지 않은 사
람은 창조된 개성을 습득하지 못한 사람이다. 그저 남이 주재하
는 대로 살아갈 뿐이다. 자기의 공간을 누리지 못하고 남이 만
들어 놓은 일, 남이 만들어 놓은 집과 침대, 남이 차려놓은 식탁
에서 자기주의는 없고 타인을 흉내 내면서 의미 없는 삶을 살아
가게 된다.

저녁나절 전선에 앉아 있는 참새들을 보라. 그들도 각기 필요
한 공간을 유지하고 있잖은가. 그 여유로움 속에 노을이 물들고
있는 세상을 바라보라. 이 얼마나 아름다운가.

산마다 그 나름의 골짜기가 있는 것처럼 우리도 나만의 개성

을 찾아 그 개성을 누릴 공간을 마련해야 한다. 그것이야말로 지금 이대로의 모습보다 수십 배 더 감추어진 모습을 찾아내는 일이란 것을 알아야 한다.

현대는 개성의 시대로 개성은 곧 능력으로 작용하고 있다. 사람은 누구에게나 특징이 있고 따라서 반드시 강점도 있다. 최고의 실력을 발휘할 수 있는 강점을 크게 살리는데 중점을 두는 것이 성공의 비결이다. 인간에게 중요한 것은 결코 결점이 아니라 강점을 살려 스스로를 개성 있는 인간으로 만들어 가는 것이다.

개성을 지니고 창조된 자신만의 공간을 만드는 일은 내가 성공했음을 의미한다. 사람마다 자기가 할 일이 있고 자신이 있어야 할 자리가 있다. 그 자리를 찾아낸다는 것은 결국 내가 성취해야 할 일을 달성한 것이나 다름없다.

우리 주위에는 자기가 있어야 할 자리를 찾지 못하고 방황하는 사람이 많다. 세상을 부평초처럼 떠돌면서 집시처럼 살아가는 사람이 많다. 이들이 그렇게 살아갈 수밖에 없는 이유는 간단하다. 자기 자리를 찾으려는 노력이 없었고 있었다 해도 게으름이나 자기 능력 이상의 것을 목적으로 했기 때문이다.

사람은 저마다 살아감의 공통점은 있으나 방법에 있어선 상당히 다르다. 추구하는 이상이 다르고 목표의 방향이 다르며 살아가는 눈높이가 다르다. 예컨대 산이라도 다 산이 아니고 골짜기라도 다 골짜기가 아닌 것처럼 말이다. 산이 깊고 클수록 그

골짜기가 아름답고 웅장하다. 민둥산처럼 별 볼일 없는 산의 골짜기가 아름다울 리 있겠는가? 그저 흉물스러운 모습만을 내보이며 그래도 골짜기라고 소리치는 것과 다르지 않다.

자기만의 세계와 자기만의 공간을 차지하고 거기에 나의 꿈과 이상을 마련하라. 내 삶의 흔적을 남기기보다 내 삶의 면적을 남기는 것이 중요하다. 태어난 이상 누구나 살아감의 발자취는 남길 수 있는 것이지만 공간을 마련하고 거기에 내 아름다운 집을 지어 삶을 빛나게 하는 것 이상 중요한 것은 없다.

착각에 빠지지 마라

내가 항상 주인공이라는 생각은 버려라.
인생의 무대에서 주인공은 꼭 나일 필요가 없다.

로렌스 굴드는 다음과 같이 말한다.

"우리들은 저마다 자신이 인생의 무대에서 주인공이란 착각에 빠져 있다. 모든 사람의 시선이 나에게 집중되기를 원하며 다른 사람들은 관객일 것이라고 생각한다. 그러나 실은 무대 위에 서 있는 것은 남이고 나는 객석의 맨 앞줄에 앉아 있는 관객에 지나지 않는다."

어느 자리에서건 중심인물이 되어 살고자 하는 사람들은 많은데 진정으로 중심인물로 생각할 인물의 모습은 잘 보이지 않는다.

인생의 무대에서 우리는 백치에 가까운 연기를 호흡하며 사는 배우이다. 그런 삶으로서 인생의 내용을 하나하나 이루어 가고 있는 것이다. 연출가에 의한 삶이 아니라 내가 가진 대본에 의해 내 운명을 성숙하게 연기하고 있는 것이다. 만일 그러한 연기가 없는 삶을 살아가게 된다면 우리는 쉬지 않고 일하는 개미 떼와 무엇이 다를 것인가?

인생은 걸어 다니는 그림자와 같다. 세상을 살아간다는 것이 여러 방법으로, 내일이나 또 내일이나 기록에 남을 세월의 마지막까지 걸어가는 것이라면 그 세월의 한가운데서 우리는 어떤 생각을 하며 서 있어야 할 것인가.

우리는 따뜻한 마음을 가지고 무대를 만들어내고 연기를 한다. 그렇지만 내가 항상 주인공이라는 생각은 버려라. 인생의 무대에서 혼자 연기하는 모노드라마라면 몰라도 여러 명이 함께 인생을 연기하는 것이라면 거기에 주인공은 꼭 나일 필요가 없고 어느 경우엔 배우라고 생각하고 있었는데 관객일 수도 있다.

남들이 하는 연기가 어떻다고 함부로 정의하지 마라. 누구나 남보다 더 잘 할 수 있는 일은 하나씩 가지고 있다. 즉 나보다 나은 연기를 할 수 있다.

내가 두각을 나타내야만 비로소 자기 존재를 인식하고 있는 사람은 남이 두각을 나타내는 것을 시기하고 자기 정체성에 함몰되어 자기 본연의 연기를 잊은 상태에서 결국 야유를 받고 무대에서 퇴장하게 된다. 정신을 차려 무대를 바라보았을 때는 이미 연극은 막을 내렸고 관객들마저 썰물처럼 빠져나간 객석을 바라보면서 회한에 젖게 된다.

나는 주인공이 아니다. 연기의 공백을 메우는 한 사람의 보통 배우일 뿐이다. 필요하다면 청춘의 나이이면서 늙은 배우의 연기를 할 때도 있고 늙은 배우이면서 젊은 배우의 역을 할 때가 있다. 이것을 잘 연기해내는 배우가 진정한 배우이고 주인공인 것이다.

샤르 베르나르는 프랑스가 낳은 위대한 여배우였다. 이미 죽은 사람이지만 그녀가 유명한 '잔 다르크'를 연기하고 있을 때의 이야기다.

이미 공연장은 관객들로 발 디딜 틈도 없이 인산인해를 이루고 있었다. 그러면서도 공연장 안은 쥐죽은 듯 고요했다. 그것은 프랑스가 낳은 위대한 배우의 움직임을 따라 사람들의 시선이 고정되어 있었기 때문이다.

제 2막이 올랐다.

법정 장면이었다. 피고석에 서 있는 것은 잔 다르크로 분장한 샤르 베르나르였다. 재판관이 무대로 나오자마자 그녀를 이렇게 심문했다.

"피고는 몇 살이지?"

"네, 열아홉 살입니다."

그녀는 나직하게 대답했다. 듣고 있던 관객은 일제히 박수를 보낸다. 그러자 그녀는 관객을 돌아보며 조용히 머리를 숙였다.

왜 박수가 터져 나왔을까? 열아홉 살이라고 말했던 여배우는 당시 68세의 할머니였기 때문이다. 이렇게 늙은 여인이 19세의 잔 다르크를 연기해 보이는 그 자신과 전력투구에 관객은 감동한 것이다.

어떤 일에 자기를 불태우는 열의는 그대로 상대방에게 전달된다.

착각에 빠져 있는 것 같다, 많은 사람들은.

제 3 부

바람은 늘 한 방향으로만 불지 않는다

돌을 다루지 못하면 돌은 깨진다

훌륭한 조각가도 배우는 과정에선 수없이 돌을 깨뜨렸지만
각고의 노력 끝에 실력을 쌓았다.

자기를 잘 다스릴 줄 아는
사람이 성공한다. 특히 큰 감정보다 사소한 감정을 잘 다스리는
사람이 존경받는다. 우리는 자칫 큰 감정에는 예민하면서 사소
한 감정은 별 것 아닌 듯 처리해 버리는 경우가 많다.

나를 움직이는 것은 그렇게 단순하지 않다. 그 배경에는 매우
복잡하고 무언가에 얽힌 것에 의해 조종되고 있다. 이것을 일반
적으로 감정이라 한다.

조각가가 돌을 다루지 못하면 돌은 깨진다. 감정을 다스리는
일은 조각가가 돌을 다루는 일과 흡사하다. 감정을 다스리지 못
하면 감정에 골이 생기고 흠집을 남기게 된다.

감정이 지향하는 것을 중국 명나라 때 유학자인 홍자성의 입

을 통해 한 번 비유하고 더듬어 보자.

"새소리는 아름답다 하고 개구리 우는 소리는 왜 시끄럽다고 하는가? 꽃은 아름답다고 하면서 풀포기는 왜 보기 싫다고 뽑아 버리는가? 그러나 어느 것이 좋고 나쁘고 어느 것이 아름답고 보기 싫다는 것은 다 사람의 감정이 정한 것이지 대자연의 큰 눈으로 본다면 새의 울음소리나 개구리 우는 소리나 각기 생명의 노래다. 모두 생명이 있는 것의 모습이다."

감정은 잘 다스려져야 하고 잘 다루어야 한다. 생명의 모습은 같은데 그것을 정반대의 소리로 받아들이는 것은 우리들 감정이 한 짓이다.

감정을 잘 다스릴 줄 아는 사람, 감정을 잘 다루는 사람이 되어야 한다. 소소한 감정이든 격한 감정이든 마찬가지이다. 소소한 감정이라고 대강 다스려도 되고 격한 감정이라고 신중하게 다스리는 것이 아니다. 때론 소소한 감정이 격한 감정보다 더 큰 힘을 발휘할 경우도 있다.

연한 것이 야문 것보다 강한 것이나, 물이 바위를 이기는 것과 같은 이치이다.

사람은 누구나 자기를 조각하는 조각가가 되어야 한다. 그래야만 자기를 잘 다스릴 수 있게 된다. 자기를 잘 조각하는 조각가가 되면 깨지는 아픔도 덜할 것이다. 하지만 서툰 조각가는 돌을 다루는데 성의도 부족하게 되고 성실함은 더더욱 잃게 되기 쉽다. 자신감의 결여 때문이다.

그러나 돌을 잘 다루는 조각가는 타고나서부터 절로 습득한 것이 아니라 뼈를 깎는 고통과 인내를 견뎌내면서 실력을 연마한 사람이다. 대충 노력하지 않고 정을 내리쳐 수없이 돌만 깨뜨려 먹은 사람과는 질적으로 다르다. 이런 사람들은 자기 실력이 부족한 것을 모르고 돌의 질을 탓하면서 볼멘소리만 주저주저하는 사람이다.

훌륭한 조각가도 배우는 과정에선 수없이 돌을 깨뜨렸지만 각고의 노력 끝에 실력을 쌓았고 마침내 어떠한 돌도 자기가 의도한대로 조각을 완성해내는 장인의 경지에 오르게 된 것이다.

'실패란 하나의 에피소드에 지나지 않으며 성공을 위한 경험에 불과하다.'

노력하는 과정에서 이러한 인식은 어떻겠는가? 이런 긍정적인 마인드가 결국 성공에 이르게 한다는 주장을 어떻게 생각하는가?

말을 하려거든

말은 진심을 나타내고 설득력이 있어야 한다.
그리고 품위가 있어야 한다.

말이란 곧 마음이다.

어떤 말이든 지금 내가 하려고 하는 말이 말할 만한 가치가 있는 것인지 없는 것인지, 필요한 말인지 아닌지를 생각하고 나의 말에 상대가 상처를 입을지 어떤지를 깊이 생각하고 말을 시작해라.

말이란 좀 더 나은 인간관계를 만들기도 하지만 이를 무너뜨리기도 한다. 그러므로 말을 할 때에는 별 생각 없이 입에서 나오는 대로 할 것이 아니라, 말의 본위는 의사를 전달하고 그것을 달성하는 수단이므로 명확한 목적의식을 가지고 조심스럽게 해야 한다.

또한 말은 진심을 나타내고 설득력이 있어야 한다. 그리고 품위가 있어야 한다. 지적이고 인간미가 풍겨야 한다. 그것은 말하는 사람의 체취로서 아름다운 것, 진실한 것, 사랑스러운 것, 선량한 것 등을 나타낸다.

말은 내 의사를 잘못 받아들이지 않도록 하는 자세를 가리키기도 한다. 그리고 말하는 사람이 전달하고자 하는 내용과 듣는 사람이 이해한 내용이 일치하지 않으면 안 된다. 이것이 일치하지 않으면 말의 의미가 전혀 없게 된다.

말은 알기 쉽게 하라. 이것이 대화의 가장 첫째 원칙이다. 알기 쉽게 말한다는 것은 알기 쉬운 말, 알아듣기 쉬운 발음, 또한 알기 쉬운 표현의 종합이다.

말하는 것도 능력으로 평가받는 시대가 되었다. 과거에는 말을 잘 못해도 다른 장점이 있을 거라는 관대한 관습이 있었지만 요즘은 자신감이나 능력부족이라는 인식으로 치부해 버리는 경우가 많다. 이제 사회의 분위기는 말을 못하는 사람에 대해선 결코 관대하지 않다.

말은 되도록 아끼는 것이 좋다. 사람은 누구나 자기주장을 하고, 자기를 표현하고 싶은 강한 욕구를 가지고 있다. 그래서 사람들 앞에서 많은 이야기를 하고 싶어 한다. 일방적인 소통을 강요하면서 혼자 계속 떠들어대는 사람이 있다. 그러나 이런 사람들의 이야기는 설득력이 없다. 흥미를 느끼게 하지도 않는다. 요점이 뭔지 도저히 이해할 수가 없다. 지루한 소음으로만 들릴 뿐이다.

말은 곧 대화이다. 서로 커뮤니케이션이 전달되고 받으며 주고받는 것이다. 서로가 지향하는 점이 같아야 하고 서로 관심이 있는 것이어야 한다. 자기 개인사에 속한 말만 계속 늘어놓으면 상대는 내가 왜 이 말을 듣고 있어야 하는지 지루해 하고 점차 생각은 대화에서 이탈해 다른 곳을 여행하게 된다.

달변인 사람이 말을 잘 하는 사람이라는 등식은 성립할 수 없다. 어눌해도 자신의 말을 상대가 잘 이해하도록 하고 또한 상대방의 말을 잘 이해하면서 서로 자기 의사소통을 전개해 나가는 사람이 진정 말을 잘 하는 사람이라고 할 수 있다.

말을 하려거든 필요한 말을 해라. 상대가 원하지 않는 말이라면 피하고 상대가 호응할 수 있는 말을 찾아 천천히 또박또박 전하라.

자기의 말에 마구 미사여구를 집어넣어 화려하게 말을 치장하려는 사람이 있지만 그런 사람의 말에는 진정성이 결여되어 있어 동감을 찾기가 힘들다.

좋은 행동으로 좋은 습관을 길러라

행동은 오히려 남이 보지 않는 곳에서
올바른 행동을 보여야 한다.

그물로 물을 푸려는 사람이
있다. 이는 잠시 그물에 대한 착각이 있었기 때문이다. 그물은
한꺼번에 많은 고기를 잡을 수 있다는 생각에 물마저 고기를 끌
어들이는 것처럼 생각해버린 것이다. 이러한 사람들이 우리 주
위에는 상당히 많다. 욕심과 욕망에서 나온 성급한 행동 아니겠
는가.

운명은 그 사람의 성격에 따라 달라진다. 성격은 그 사람의
생활 습관에 따라 달라지기 때문에 매사 좋은 행동으로 좋은 습
관을 만들어 가야 한다. 평소의 좋은 습관이 자신의 인생을 올
바르게 이끌어 준다는 생각에는 누구나 찬동할 것이다. 꿈과 목
표는 누구나 품을 수 있지만 그 꿈을 성공으로 이끄는 것은 성

실한 습관이고 그런 습관은 누가 거저 갖다 주는 것이 아니라 늘 자신을 돌아보고 반성하며 거기에 맞는 노력을 행동으로 나타내야 한다.

의식적으로 어둔 생각을 떨쳐버리고 적극적이고 행동적이며 긍정적인 성격을 습관화하자. 사람들에게 가장 무서운 것은 나쁜 습관이 만들어지는 과정이다. 처음 한 번은 괜찮겠지 하는 이성이 결국 고칠 수 없는 습관으로 변해 평생을 따라다닌다. 이런 나쁜 습관의 노예가 되지 않는 방법은 오로지 지금 자신의 행동이 좋은 행동이 아니라면 무조건 하지 않는 것이다. 그런 습관은 세상을 살아가는데 가장 좋은 습관으로 자신을 행복한 길로 이끈다는 것을 명심해라.

여러분 세대는 아직 세상의 사물을 정확하게 판단하면서 나아가기 힘들다. 그러나 내가 어떤 일을 해야 옳은 것이며 잘못을 범하는 것이 나쁘다는 것을 판단할 정도의 나이는 됐다. 그렇게 살아간다면 그것만으로 충분하다. 그것이 인성으로 굳어지고 습관으로 변모하면 여러분의 인생은 그리 걱정하지 않아도 된다. 정말 그렇게 사는 것이 옳다.

행동은 남이 보지 않는 곳이라고 해서 함부로 해선 안 된다. 오히려 남이 보지 않는 곳에서 올바른 행동을 보여야 한다. 뒷골목으로 숨어들어 하는 행동은 무조건 나쁘다. 떳떳하지 못한 행동이므로 뒷골목으로 들어가는 것이지 떳떳한 행동이라면 구태여 뒷골목으로 들어갈 이유가 뭐가 있겠는가.

행동은 곧 습관이기 때문에 매사 올바른 행동으로 올바른 습관을 길러 가야 한다.

남이 안보는 무대에서 연기를 펼치는 일, 객석엔 아무도 없다. 그렇더라도 흐트러진 연기를 펼쳐선 안 된다. 진정한 연기자라면, 올바른 사람이라면.

어릴 적 습관이 어떻게 만들어졌느냐에 따라 성공이 좌우된다. 나쁜 습관을 들인 사람은 나쁜 행동을 보이게 되기 때문에 그 나쁜 행동으로 말미암아 좋은 인생을 살 수 없다. 결국 나쁜 수렁에 빠져 거기서 헤어 나오지 못하고 인생을 망치는 수가 대부분이다.

습관은 행동으로 연결되어 있어 어떠한 경우라도 좋은 행동을 보이지 않으면 안 된다. 어렸을 때부터 이런 습관을 행동화하지 않으면 성인이 되어서 좋은 행동을 보이기란 대단히 어렵다. 좋은 행동은 일부러 찾아서 하는 것이 아니라 절로 몸에 배어 자연스럽게 튀어나오는 것이어야 한다.

좋은 행동을 습관화하는 것은 순리를 찾는 일이다. 순리란 해야 할 일을 하고 하지 말아야 할 일은 하지 않는 것이다. 이 간단한 이치가 인생을 살아가는데 가장 중요한 일을 해결하는 것이라면 오늘부터라도 우리는 순리를 지키며 사는 것이다.

그릇된 행동이 반복되면 인생은 그만큼 흠집이 생기고 이것이 쌓이면 결국 인생을 그르치게 된다. 좋은 행동보다 나를 행복한 삶으로 이끄는 것은 없다.

성공에도 법칙이 있다

성공한 사람은 분명히 성공한 이유가 있다.
의지가 강했고 피와 땀을 흘렸으며 분명한 원칙을 고수했다.

성공을 꿈꾸는 많은 사람들은 앞서 간 많은 사람들의 성공이야기에 귀를 기울이고 이를 닮으려 노력한다. 하지만 그들 성공이야기에 귀를 기울이는 것은 좋지만 그대로 따라한다는 것은 무리가 있다. 왜냐하면 성공은 어떤 법칙을 토대로 대량생산되는 것이 아니라 자기 제품으로 생산되어야 하기 때문이다. 성공의 길은 사람마다 얼굴이 다르듯이 그 어느 것도 똑같을 수 없다. 그러나 분명한 것은 성공할 수 있다는 믿음과 노력이다.

미국 CNN의 설립자인 테드 터너는 방송계의 실력자로 성공하게 된 동기에 대해 이렇게 말했다.

"무엇보다도 나는 반드시 성공할 것이라고 생각했습니다. 그리고 그 성공을 이루기 위한 과정에서 내가 할 수 있는 모든 일을 했습니다. 그랬더니 결국 성공이 찾아오더군요. 경쟁상대나 성취해야 할 대상이 아무리 커보이거나 멀리 보이더라도 지레 주저앉아서는 안 됩니다. 야구 시합에서 우승을 다투거나 사업을 할 때, 단 1퍼센트의 승산만 있더라도 '나는 끝까지 포기하지 않는다.'는 말을 끊임없이 반복해가면서 자기 자신을 추슬러 나가야 합니다. 또한 반대로 아무리 큰 성공을 거두더라도 절대로 자만해서는 안 됩니다. 어떤 분야에서든지 반드시 1등이 되겠다는 각오와 의지로 임하는 것이 중요합니다."

성공한 사람의 이야기를 듣는 것은 행복한 일이고 나도 성공할 수 있다는 믿음을 가져오게 한다. 그러나 여기서 유의해야 할 것이 하나 있다. 그것은 성공한 사람의 이야기가 맞을 수도 있지만 아주 먼 옛날의 것일수록 성공의 법칙은 수정되어야 한다. 예를 들자면 옛날 사람들이 밟은 길은 황톳길 신작로이지만 지금 우리가 걷는 길은 아스팔트길이기 때문이다. 그리고 그 당시의 경우와 지금 내 경우와는 근본적으로 다른 것이 많기 때문이다.

인류의 발전은 어떤 경우를 막론하고 전통을 버림으로써 이룩된 것이다. 봉건의 전통을 버림으로써 근대적 문화가 싹텄고 현대의 민주주의가 탄생된 것이다. 오늘날에 맞는 확실한 성공의 길을 찾아내야 한다.

그렇다고 딱히 성공의 법칙이 무슨 법전에 수록할 정도로 아주 정례화 되어 있는 것은 아니지만 저마다 기준으로 삼을 필요는 있다. 가령 '미늘에 달린 먹이를 덥석 물지 마라' 라든가, '날개를 가지기 전에는 날지 마라' 라든가, '가장 어려운 것은 대문을 나설 때이다' 라든가, '자주 옮겨 심는 나무는 뿌리를 뻗지 못하는 법이다' 라든가, '도전 정신을 키우라' 라든가, 등등.

성공의 법칙은 결국 자신의 의지를 나타내는 것이다.

테드 터너가 자신의 성공 비결에 대해 '무엇보다도 나는 반드시 성공할 것이라고 생각했다' 는 것이 중요한 요점이 된다. 그리고 '어떤 분야에서든지 반드시 1등이 되겠다는 각오와 의지를 품었다' 는 것이 중요한 결과로 자리매김하였다는 것이다.

성공한 사람은 분명히 성공한 이유가 있다. 남들보다 모든 면에서 달랐다. 의지가 강했고 피와 땀을 흘렸으며 분명한 원칙을 고수했다. 시간을 아꼈으며 남이 생각해내지 못한 것을 창조하여 거기에 올인하는 강한 정신력이 있었다. 우리가 성공한 사람들을 통해 배울 것들은 한두 가지로 그치는 것이 아니다. 이들이 밟아온 길이 결국 성공의 법칙이었던 셈이다.

이들의 삶을 찾아가라. 그리고 그들의 성공한 속내를 들여다보라. 그러면 이내 발견될 것이다. 성공의 법칙이 그렇게 어렵거나 이루기 힘든 등정이 아니라는 것을. 내가 해낼 수 있는 것들이라는 것을 빨리 인식해라.

아버지의 마음은 그렇다

실수해도 용서되고 불효해도 그것을 껴안으며 포용하는
아버지는 내가 기대도 좋은 기둥과 같은 존재이다.

어느 사람에게 두 아들이 있었다.

작은 아들이 말했다.

"아버지, 제가 받아야 할 재산의 몫을 나눠주십시오."

그러자 아버지는 자신의 재산을 두 아들에게 공평하게 나누
어 주었다.

큰 아들은 아버지에게 물려받은 재산을 그대로 간직하며 아
버지가 하던 일을 묵묵히 도우며 살고 있었고 작은 아들은 얼마
지나지 않아 자기 짐을 꾸려 가지고 먼 나라로 여행길에 올랐
다. 그리고 거기서 방탕한 생활로 몸을 망치고 재산을 다 날려
버렸다.

그 뒤 그 지방에는 심한 기근으로 인해 그는 제때 끼니를 잇

지 못하게 되었다. 그래서 그 지방의 지주에게 가서 간청을 했더니 그 지주는 그를 밭으로 데리고 가서 돼지 떼를 돌보아주도록 했다. 그는 돼지가 먹는 콩으로라도 굶주린 배를 채웠으면 하는 정도였지만 먹을 것을 주는 사람은 아무도 없었다.

그때 비로소 제 정신으로 돌아와서 다음과 같이 생각하였다.

"아버지가 계시는 데서는 많은 고용인들에게 배불리 먹게 하여도 남아돌 정도였는데 나는 여기서 굶어 죽게 되었구나, 할 수 없다, 아버지에게로 돌아가자."

그는 아버지를 찾을 면목이 없었지만 살 길이 막막하여 아버지에게 돌아가기로 마음먹었다.

저 멀리 아버지의 집이 보였다. 차마 더는 발걸음이 떨어지지 않아 마을 어귀에서 서성거리던 아들은 그러나 이내 저 멀리서 아버지가 달려오는 것을 발견하였다. 그와 아버지 집과의 거리는 그래도 상당한 거리에 있었지만 아버지는 아들을 단번에 알아보고서 달려오는 것이었다.

아들에게 달려온 아버지는 잃어버린 아들을 찾은 듯 얼싸안고 입을 맞췄다. 아들은 아버지에게 눈물 흘리며 말했다.

"아버지, 저는 아버지께 죄를 많이 지었습니다. 이미 아버지의 아들이라 불릴 자격도 없는 놈입니다. 그러니 그저 아버지의 고용인으로 생각하시고 받아주십시오."

그러나 아버지는 하인들에게 일렀다.

"서둘러서 제일 좋은 옷을 가져다 내 아들한테 입혀라, 손가

락에는 반지를 끼게 하고 훌륭한 신발을 가져다주어라. 그리고 살찐 송아지를 끌어내다 잡아라. 식사를 하면서 마음껏 이 기쁨을 즐기자. 내 아들은 죽었었는데 다시 살아났고 잃어버렸었는데 다시 찾았으니 말이다."

아버지는 자신의 곁을 떠나 거지가 되어 돌아온 아들에게 잔치를 열어주면서 기쁨을 감추지 못하였다. 이를 바라보는 큰아들의 얼굴에도 기쁨의 표정이 가득하였다.

아버지의 마음은 다 이렇다. 자식을 사랑하는 어버이의 마음은 한결같다. 어떠한 경우라도 자식에 대한 사랑은 변질되지 않는다. 한없는 사랑과 한없는 믿음은 바다보다 넓고 깊다. 자식이 어떠한 사랑을 보여도 어버이의 사랑과 견줄 수 없다.

실수해도 용서되고 불효해도 효도 받은 마음으로 둔갑시켜 그것을 껴안으며 포용하는 아버지는 내가 기대도 좋은 기둥과 같은 존재이다. 내가 안심하고 앉아도 좋은 주춧돌과 같은 존재이다.

모든 그림자는 태양을 가리킨다

나의 용서하는 마음이 상대에게 전달되어 그가 안도의 숨을 쉴 때
그 사람의 표정을 상상해 보라.

모든 사람을 용서하라.

무조건 용서하라. 남의 잘못을 용서한다는 것은 바로 나 자신을
용서하는 일이다. 세상에서 용서하는 일보다 아름다운 것은 없
다.

남이 저지른 잘못은 분명 어제 내가 저지른 잘못임을 잊지 마
라. 그리고 타인에 대한 자기의 정의가 아무리 정당하다 하더라
도 한 번쯤 자신을 되돌아보고 타인을 바라보라. 상대를 바라볼
때, 먼저 그 사람의 좋은 면만을 보아주고 장점을 인정해 주는
것이다. 무슨 일이든 선의로 해석해 주려는 마음가짐이 있으면
관용이 생기는 법이다. 절대 비난이나 비판은 삼가야 할 일이
다.

성서에도 '비판을 받지 않으려거든 남을 비판하지 말라'고 했다. 그리고 '너희의 비판으로 비판을 받게 될 것이며 너희의 헤아림으로 헤아림을 받게 될 것'이라고 했다. '어찌하여 남의 눈 속에 있는 티는 보면서 네 눈 속에 있는 들보는 깨닫지 못하며 먼저 네 눈 속에 있는 들보를 뺀 연후 세상을 밝게 본 뒤 남의 눈 속에 있는 티를 뺄 것'이라고 했다.

모든 그림자는 태양을 가리킨다. 밝음은 언제나 어둠의 반면을 끌어낸다. 어둠은 언제나 태양을 향해 있으며 태양을 동경하는 법이다. 용서하는 마음은 태양이며 밝음이다. 어두운 그림자가 아니다.

너른 마음을 키우는 것은 그림자가 태양을 가리키는 것과 같다. 난 사람이 되는 것과 든 사람이 되는 것은 모두 너른 마음을 지닌 사람이 가진 교양이기 때문에 솎아낼 것 없이 모든 사람은 너른 마음을 키워야 한다. 이보다 높은 교양이 없고 이보다 훌륭한 순교가 없다는 것이 나의 평소 생각이다.

남을 이해하고 남을 용서하는 그런 관용은 그 사람의 품격을 나타낸다. 존경의 대상이 되며 남을 따르게 하는 힘이 된다. 모든 행동이 신용되며 언행 하나하나에도 신뢰를 갖게 한다.

어떤 사람이 되려는가? 혹여 그동안 친구의 실수를 미워한 적이 없었던가? 괜한 일에 불평불만을 가지면서 가족을 원망한 적은 없었던가? 돌아보면 결국 별다른 일이 아니었다는 것을 깨달았던 적은 없었던가?

남을 용서하는 일은 곧 나를 용서하는 길이 된다. 남의 상처를 어루만지는 것은 곧 나의 상처를 어루만지는 일이다. 남의 허물이 나로 말미암아 용서되는 그 순간의 아름다움을 상상해 보라. 이 얼마나 흐뭇하고 행복한 일인가. 나의 용서하는 마음이 상대에게 전달되어 그가 안도의 숨을 쉴 때 그 사람의 표정 또한 나의 표정과 일치한다는 것을 상상해 보라.

일치된 행복으로 얼굴에 드리워졌던 짙은 그림자가 벗겨졌을 때 나는 그 그림자의 태양이 되는 것이다.

내가 좋아하는 일을 선택하라

좋아하는 일을 선택하라.
그것이 가장 빠르게 성공에 도달하는 길이다.

인생의 긴 여정을 살아가는데
자기 적성에 맞는 일을 선택한다는 것은 대단히 중요한 일이다.
왜냐하면 적성에 맞지 않는 일에는 열정을 쏟아 부을 수 없기
때문이다.

세상이 요구하는 조건에 맞는 일일지라도 내가 좋아하지 않
는 일이라면 즉, 적성에 맞지 않는 일이라면 조건을 건네는 조
건을 만족시킬 수 없다. 결국 시간만 소모하고 그 집단에서 이
탈하게 된다. 종내 결과는 그렇게 나타난다.

좋아하는 일을 선택하라. 그것이 가장 빠르게 성공에 도달하
는 길이다. 지금 세상에서 어떤 직업이 좋은 직업이고 어떤 직
업이 나쁜 직업인가의 구분은 없다. 그런 잣대가 사라진지 이미

오래다. 그럼에도 불구하고 일각에선 직업의 선호를 따지기도 하지만 점차 세상의 질서는 그런 주장을 인정하지 않게 될 것이다.

자기가 좋아하는 일을 하는 사람들을 보면 그들은 지치는 기색이 없다. 밤을 새워도 밥을 먹지 않아도 그 일에 빠져 시간가는 줄 모르고 열심이다. 그러나 자기가 좋아하지 않는 일을 하는 사람들을 보면 그저 모든 일이 대충 대충이며 주어진 근무시간이 끝날 즈음이면 지친 기색이 역력하다. 이 차이만 가지고도 누가 더 나은 삶을 살아가고 있는지, 성공을 이룰 수 있을지에 대한 해답이 분명해지게 된다.

설령 적성에 맞지 않는 일일지라도 흥미를 가지고 그 일을 열심히 하게 되면 이 또한 성공의 계기가 되기도 한다.

흥미와 적성을 키워라. 이것은 직업적이든 사업적이든 성공의 열쇠가 된다. 미국의 심리학자인 스트롱은 이에 대해 아주 적절한 비유를 했다.

"적성과 흥미의 관계는 미치 보트의 모터와 키잡이의 관계와 같다. 모터는 적성이며 이로써 보트의 방향이 결정되는데 보트가 나아간 거리는 업적이며 업적은 모터(적성)와 키잡이(흥미)의 작용에 의해 좌우된다."

흥미 있는 일에 적성이 다 맞을 수 없지만 적성이 있으면 흥미가 따라오는 경우는 많다. 적성을 찾아라. 그리고 노력해라.

기업에 취업해서 적성에 맞지 않으면 이내 쫓겨난다. 그만큼 적성을 중요시하는 것은 적성에 맞아야만 열정을 가질 수 있기 때문이다. 흥미를 가져 열심히 할 수 있기 때문이다.

헨리 포드는 처음부터 자동차 사업에 성공하고 싶어 자동차 공장의 종업원이 된 사람이 아니었다. 자동차 공장의 종업원이 되어 그 일에 흥미를 가지고 자기가 맡은 일을 열심히 하는 동안에 한 계단 한 계단 올라가서 세계 제일의 자동차 기업주가 된 것이다. 목표와 방향이 뚜렷하지 못할 때라도 그날그날 자기 일을 충실히 해나가는 사람은 절로 길이 열린다.

사람들은 생긴 것이 저마다 다르듯이 성격 또한 다르고 취미가 다르며 이상이 다르고 내가 가고자 하는 길이 다르다. 산으로 오르는 사람이 있는가 하면 바다로 가는 사람이 있고 운동을 좋아하는 사람이 있는가 하면 책을 좋아하는 사람이 있고 모두가 천편일색이다.

저마다 좋아하는 색깔이 다르듯이 좋아하는 일 또한 다르다. 자기에 맞는 일을 찾아라. 그리고 그 일에 혼신의 힘을 다 해라. 그리고 정상에 서 있을 정도로 최고가 되라. 최고와 일류는 동의어이다. 최고가 되기 위해선 뼈를 깎는 듯한 인고를 견뎌야 하며 노력한 만큼의 대가로 얻어지는 것이다.

학생으로서 일등이 되고 싶은가? 그렇다면 먼저 공부에 흥미를 느끼도록 해라. 지루하고 재미없는 것이 공부라지만 공부의 뜻에는 흥미를 느끼게 할 요소가 분명히 있어 그것을 찾아내면 된다. 그리곤 슬며시 다가가 그것과 친구가 되면 된다.

모든 것은 어떻게 마음을 먹느냐이다. 흥미를 가지고 대하면 흥미를 가질 수 있고 싫증을 느끼고 대하면 싫증이 나게 되어 있다. 모든 일에 흥미가 있으면 싫증도 있는 법이다.

내가 좋아하는 일을 찾지 못했을 때 적어도 원하지 않는 일일지라도 흥미를 찾아보는 지혜를 가지도록 해라. 바로 그 장소에서 성공을 찾을 수도 있다는 희망을 가져라. 희망은 괴로운 언덕 너머에서 기다리고 있다는 것을 믿어라.

바람은 늘 한 방향으로만 불지 않는다

일방적으로 행복만 누릴 사람 없고
일방적으로 불행만 안고 살 사람 없다.

'해는 가난한 사람의 창에도
부잣집의 창에도 똑같이 곱게 비출 것이고 봄이 되면 눈은 똑같
이 일찍이 그 창문 앞에서 녹는다.'

솔로의 말처럼 모든 것은 평등하게 이루어진다. 바람 또한 늘
한 방향으로만 불지 않는다. 아침 해가 하루 종일 떠오를 일 없
고 노을이 영원히 잠잘 리 없다.

행복이 찾아와도 그 행복이 영원하지 않고 불행을 맞이해도
그 불행이 영원히 머물지 않는다. 바람이 늘 한 방향으로만 불
지 않는 것과 같은 이치로 작용한다.

많은 물방울이 소나기를 만드는 법이다. 고통도 많이 모이게
되면 견딜 수 없는 것이 되고 불행도 마찬가지이다. 그래서 고

통이나 불행이 많이 모이지 않도록 조심해야 한다.

불행은 인생을 살면서 피해 갈 수 없는 역경이다. 많고 적음의 차이는 있을지 몰라도 불행 없는 삶을 살기란 불가능하다. 중요한 것은 피해 갈 수 없는 불행에 처했을 때 그것을 어떻게 받아들이고 대처해 나가느냐이다.

예로부터 존경을 받는 인물이나 성공한 사람들은 모두 불행을 딛고 일어선 사람들이다. 그 사람들만 유독 특혜를 받아 불행을 맞닥뜨리지 않고 살아온 사람들이 아니다.

불행이 찾아오면 다시 그 불행을 향해 되던져라. 그리고 항상 희망이 존재한다고 믿고 당당하게 앞을 향해 나아가라. 그러다 또다시 불행이 찾아든다 해도 능히 그것을 되던지고 여태껏 희망으로 살아온 날들을 이어 가라. 불행이 찾아왔다는 것을 알고 있는 자체만으로 능히 불행을 이겨낼 수 있고 그것을 이기려는 힘의 축적이 생긴다.

불행이 존재하기에 우리가 느끼는 행복감이 더욱 벅차고 불행이 존재하기에 더더욱 희망의 끈을 놓지 않으려 한다. 그래서 불행을 두려워할 필요는 없다.

사람은 행복의 길로만 가지지 않는다. 또한 불행의 길로만 가지지 않는다. 행복이 찾아들면 얼마 지나지 않아 불행이 찾아온다. 불행이 찾아들면 얼마 지나지 않아 다시 행복이 찾아온다. 이것은 삶의 중요한 패턴이다. 일방적으로 행복만 누릴 사람 없고 일방적으로 불행만 안고 살 사람 없다. 그래서 세상은 공평하다고 말할 수 있는 것이다. 마치 시간을 똑같이 누리고 있듯이 말이다.

신은 아무리 행복한 사람에게 단 일 분도 더 주지 않았고 아무리 불행한 사람에게 단 일 분도 빼앗아 가지 않는다. 모두에게 공평하게 내릴 뿐이다.

다만 사람에 따라 행복의 넓이와 깊이가 다를 수는 있다. 불행의 넓이와 깊이가 다를 수는 있다. 행복과 불행은 결코 같은 부피로 나타나지 않는다. 어떻게 살아가느냐에 따라 행복의 부피가 불행의 부피보다 더 클 수는 있다. 반대로 어떻게 살아가느냐에 따라 불행의 부피가 행복의 부피보다 더 클 수는 있다. 이것은 분명하다.

어떻게 살아가느냐에 따라 논의가 달라질 수 있는 것은 삶의 태도에서 나타난다. 적극적인 삶과 긍정의 힘으로 살아가는 사람은 그렇지 않은 사람의 삶보다 당연히 풍부하게 나타날 것은 자명한 일이 아니겠는가.

바람은 늘 한 방향으로만 불지 않지만 나에게 불어오는 바람이 미풍일 수 있고 태풍일 수 있다는 것은 명심해 둘 필요가 있다.

인간관계는 만들어가는 것이다

인간관계란 상대방에게 나를 맞추는 것이지
상대방이 맞춰주기를 기다리는 것이 아니다.

살아가기 위해 필요한
가장 큰 덕목으로 인간관계를 들지 않을 수 없다. 어떤 경우로
맺어지든 인간관계는 많은 연결고리로 내 중심에 자리하고 있
다.

인간관계란 상대방에게 나를 맞추는 것이지 상대방이 맞춰주
기를 기다리는 것이 아니다. 이 요점을 아는 사람이 인간관계에
서 성공한다.

인간관계는 나만 잘해서도 안 되고 상대만 잘해서도 안 되고
둘이 하나로 알맞은 조화가 이루어져야 한다. 사람은 자기 자신
을 인정해 주지 않는 사람에 대해선 자신의 능력을 감추고 협력
하지 않는다. 하지만 자신을 인정해 주는 사람에 대해선 최선을

다해 협력하고 능력 이상의 힘을 발휘하게 된다. 자기를 가볍게 취급하거나 무시하는 사람에 대해선 아무도 협력해 주지 않는다.

그리고 인간관계 능력의 최대 관건은 상대방의 입장을 바꾸어 생각해 보는 것이다. 이것은 인간관계에서 일어나는 문제점을 해결해 주는 최고의 기술이 된다.

몇 가지 예를 들어 설명할 수 있는데 가장 중요한 것은 어떠한 사람도 완전할 수 없다는 것을 인정해야 한다는 것이다. 인간은 누구나 완전한 사람이 되고 싶어 한다. 하지만 아쉽게도 모든 인간은 실제로 불완전한 존재이다. 그런데도 사람들은 그것을 인정하고 싶어 하질 않는다. 사람은 누구나 결점이 있기 때문에 완전을 바라는 인간관계는 성립되기 어렵다는 것을 기억해야 한다.

그리고 다음으로 상대는 나와 다르다는 것을 인정해야 한다는 점이다. 나와 환경이 다르고 습관이 다르고 기호가 다르게 살아온 사람을 나와 같다고 인정한다는 것은 무리다. 상대와의 커뮤니케이션은 동등한 권리로서 상대방의 말을 존중하는 가운데 성립된다는 것을 잊지 말아야 한다. 일방적인 말은 일반적인 소통을 강요하는 경향이 있어 결코 바람직스럽지 못하다.

또한 인간관계에선 '동류반응의 원칙'이 존재한다. 이 말은 좋은 말을 던지면 좋은 말이 돌아오고 나쁜 말을 던지면 나쁜 말이 돌아온다는, 그런 같은 반응을 말하는 것이다.

자기에게 없는 장점을 갖고 있는 사람을 인정하고 내 단점을 솔직하게 지적해 주는 사람을 신뢰했을 때 그들 관계가 상상하지 못하는 힘을 발휘하는 경우가 많다.

특별하게 내세울 것도 없고 배움이 많은 것도 아니고 재산이 많은 것도 아닌 평범하게 보이는 사람이 있다. 그런데 그는 많은 사람들로부터 사랑을 받고 인기가 있었다. 항상 그 사람 주위에는 사람들이 모이고 그 사람들로부터 평판이 그렇게 좋을 수가 없다.

그 사람은 인간관계에 있어 철저히 '동류반응의 원칙'을 지킨 사람이었다. 항상 상대의 말과 인격을 존중하고 상대의 말을 경청하였으며 상대를 배려하는 마음이 강했다.

상대가 어려운 일에 처하면 나서서 해결해 주기 위해 힘썼으며 상대에게 기쁜 일이 생기면 그 일을 축하하는데 인색하지 않았다. 그러자 그를 경험한 사람들은 그에게 같은 반응을 보이면서 그의 곁으로 모여들기 시작한 것이다.

싸움을 걸면 싸우게 되는 것도 동류반응이고 화난 얼굴을 보이면 상대의 화난 얼굴이 나타나는 것도 동류반응이고 상대를 칭찬하면 칭찬이 돌아오는 것도 모두 동류반응이다. 인간관계에서 동류반응을 벗어나는 것은 하나도 없다.

그래서 인간관계는 자신이 만들어가는 것이라고 주장하는 것이다. 누가 선물로 가져다주는 것이 아니라 스스로 노력하여 만드는 것이다.

누구나 일순간에는 바보일 때가 있다

짐승은 배가 부르면 먹던 것도 미련 없이 남겨두고 가는데
인간은 왜 그렇지 못한 것일까?

자신에게 의미가 없는 물건은

그것이 아무리 높은 가치를 지녔다고 해도 자신에게 필요한 물
건은 아니다. 그러나 소중한 것이 아님에도 소중하게 생각해 목
을 맨 적이 있었다. 어느 한 순간 바보였던 것이다.

세상엔 값비싼 것만이 중요한 것이 아니다. 중요한 것은 그것
이 나와 어떤 상관관계로 어떻게 소중하게 연결된 것인가 하는
점이다. 그럼에도 값비싼 것이기에 소중한 것처럼 여기고 다가
간 적이 있었다. 어느 한 순간 바보였던 것이다.

때론 값비싼 다이아몬드 반지보다 풀꽃반지를 끼고서 더 행
복을 느낄 수 있다. 그것은 그 순간 그 반지에 부여한 의미 때문
이다.

라즈니쉬가 다음과 같이 말했다.

"그대가 어느 길을 가고 있다고 생각해 보자. 새벽녘 산책이라도 좋고 아니면 황혼녘의 산책이라도 좋다. 그때 그대가 길가에서 반짝거리는 보석을 주웠다면 행운이며 그것은 굉장히 소중한 물건이 될 것이다. 하지만 다시 한 번 생각해 보면 그대가 길에서 주운 그 보석의 가치는 순전히 그대의 마음에 의해서 생겨난 것이다. 그대가 만일 그것을 별로 소중하게 생각지 않는다면 그 보석은 돌덩어리와 무엇이 다른 것인가?

해변에 떨어진 기왓장 조각을 보고서 이집트 역사를 증명한 학자가 있기도 하지만 그 기왓장 조각은 많은 사람들의 발밑에 깔려 뒹굴고 있었다. 만일 그대가 자연과 통할 수 있다면 길가의 돌덩어리에게 한 번 물어보라. 돌덩어리는 그대에게 뭐라 말을 할 것인가? 아마도 돌덩어리들은 그대에게 다음과 같이 말할 것이다.

'그대가 발견한 보석이 제 아무리 아름답다 하더라도 그것이 우리와 무엇이 다른가? 돌은 그 모양이 어떻든 간에 돌은 돌일 뿐이다.'

그렇다. 화산이 폭발해서 용암의 작용으로 지구가 변모하고 암석의 형질이 바뀌어 모양과 형체가 각기 다른 돌이 생겨났다고 해서 그 돌의 근본적인 차이는 변할 수가 없다. 다만 그것은 그대 마음의 결정에 의한 가치를 부여했기 때문에 돌과 보석이라는 차이를 만들어내고 있는 것이다."

라즈니쉬가 한 말을 새기는 시간을 가졌다는 것이 정말 다행이란 생각이 든다. 하나의 사물에 어떤 의미를 부여하느냐에 따라 우리는 얼마든지 일순간 바보가 될 수 있다는 지적이 아닌가.

인간의 욕망이 수치스럽게 나타날 때가 바로 일순간 바보가 될 때가 아닌가 하는 생각이 든다면 얼른 그 미망에서 벗어나야 할 때이다. 그리곤 다시는 그런 바보가 되지 말아야 한다. 짐승은 배가 부르면 먹던 깃도 미련 없이 남겨두고 가는데 인간은 왜 그렇지 못한 것일까? 죽을 때까지 잘 살고 잘 먹을 것을 챙기려는 그 상상적 욕망, 인간은 그 욕망 때문에 오늘도 재물의 노예로 살고 있는 것이다.

그러나 인간은 또다시 어느 순간 바보가 될 것이라는 우려가 나를 씁쓸하게 한다. 바보에서 완전히 벗어나기가 그렇게 쉽지가 않다는 생각 때문이다.

모든 사람은 견디어야 할 십자가를 지니고 있다

고행의 십자가가 나의 어깨에만 짊어져진 것이 아니다.
보이지 않아도 그것을 견디고 있는 것이다.

산 속에서 길을 잃었을 때는

일단 처음의 자리로 돌아오는 것이 가장 좋은 방법이다. 일단 돌아와 다시 지도를 보면서 새롭게 방향을 잡고 출발하는 것이 빠르고 현명한 방법이다.

방향을 잘못 잡으면 아무리 뛰어난 결단을 내리고 준비가 완벽하게 갖추어져 있어도 목적을 달성하기란 힘들다. 사람이 어떤 행동을 할 때는 일정한 목적이 있으며 그 목적을 이룸으로써 그 행동의 효과를 보게 된다.

목적을 두고 항해하는 배와 목적 없이 항해하는 배의 차이는 크다. 목적이 있는 배는 그 목적으로 인해 탄력적인 항해를 해나갈 것이지만 목적이 없는 배는 목적이 없어 어디로 갈지 몰라 그저 지그재그 지루한 항해를 하게 되는 법이다.

"인생의 목적이 무엇이라고 단언할 수는 없다. 그러나 목적 없는 인생의 의의는 없다. 인생에 목적이 없다는 것은 무신론이다. 그것은 인생을 모순과 기만이라고 생각하는 것과 다름 아니다."

마치니의 이런 말은 목적이 얼마나 중요한 삶의 단서인가를 일깨워준다.

일생을 살아가다보면 누구나 비슷한 시련과 비슷한 행복이 찾아온다. 견주어 말하면 모든 사람은 저마다 견디어야 할 십자가를 지니고 있다는 것이다. 아울러 누려야 할 행복이 있고 즐거움도 있다.

왜 유독 나만이 하는 심사를 버려야 한다. 인간은 누구나 힘들고 외롭고 아울러 일정한 행복도 비슷하게 간직하고 산다. 그래서 우리는 함께 모여 사는 것이라고 나는 생각한다.

견디어야 할 십자가를 두려워해선 안 된다. 우리 모두가 짊어지고 가야할 것이기에 더욱 그렇다. 고행의 십자가가 나의 어깨에만 짊어져진 것이 아니다. 보이지 않아도 누구나 그 무게에 짓눌려 그것을 견디고 있는 것이다. 중요한 것은 그것을 어떻게 인내하고 어느 순간 어느 장소에서 내려놓느냐이다. 거기서 다른 사람들과 느끼는 삶의 무게의 차이가 나타날 뿐이다.

내가 짊어진 십자가의 의미를 찾아라. 단순 힘들게 하는 무거운 짐이 아니라 삶의 길에서 짊어지고 가야 할 숙명인 것을 깨달아라. 그렇다면 무겁게 느껴졌던 고행의 십자가도 한결 가볍게 느껴질 것이란 생각이다.

한결같이 말하지만 어느 누구에게든 일방적인 고통과 행복은 없다. 누구에게만 짊어지게 될 십자가가 아니라 우리 모두에게 얹힌 십자가이다.

예수께서 짊어진 십자가는 그에게 있어선 영광의 십자가였지만 우리에겐 고통과 고난의 험난한 비유로 상징된다.

백향목으로 만든 무거운 십자가를 지고 갈보리를 향해 걸어간 예수는 가장 먼 길을 돌아 가급적 사람들이 많이 모인 거리를 지나 십자가에 처형될 장소까지 가게 되었다. 이는 다른 사람들에게 죄를 지으면 이렇게 된다는 것을 경고하는 일이기도 했다. 처형 장소까지 십자가를 짊어지고 가는 예수님은 채찍을 당해 이미 피폐해져 십자가의 무게를 이기지 못해 쓰러지기 일쑤였다.

이 고통스러운 십자가를 우리 모두가 짊어지고 사는 것이 인생이라면 끔찍하지만 십자가의 의미를 생각해서 받아들인다면 결코 끔찍하게만 받아들일 일은 아니란 생각이다.

자기 일은 자기가 해야 된다는 생각

어려서부터 내 일은 내 스스로 하는 것이
옳다는 것을 습관화시켜야 한다.

　　　　　미국 제16대 대통령 링컨은
대통령이 된 다음에도 손수 구두를 닦아 신었다고 한다.

　하루는 어느 외국 외교관이 구두를 닦고 있는 링컨의 모습을
보고 놀라워하며 물었다.

　"각하께서는 손수 구두를 닦아 신으십니까?"

　그러자 링컨은 조용히 고개를 들고 쳐다보며 오히려 그렇게
묻는 사람이 이상하다는 듯 되물었다.

　"그럼 당신은 누구의 구두를 닦으십니까?"

　한 폭의 그림처럼 떠오르는 링컨의 이 일화가 우리에게 뭔가
를 생각하게 한다. 자기 일은 자기가 해야 한다는 생각, 노동이
라면 구두를 닦는 일까지도 신성하다는 생각, 구두를 닦는 일로

는 대통령의 권위가 손상되지 않는다는 생각이었다.

그때만 해도 미국에는 노예가 있었고 노예들이 일을 해주었다. 더구나 대통령에게는 시중들 사람이 많이 있었다. 그럼에도 천성이 소탈하고 부지런했던 링컨은 스스로 하는 편이 마음 편했고 그런 습관이 또한 몸에 배어 있었다.

군림하지 않고 모범을 보였던 링컨의 겸허와 굽힘 없는 신념이 위대한 결과를 가져왔다. 남북전쟁을 승리로 이끌어 분열 상태였던 미국을 마침내 통일했다. 노예를 해방시켜 인류 역사상 가장 위대한 업적을 남겼다.

그 동기는 순수해 보인다. 자기 일은 자기가 해야 한다는 생각이 곧 노예를 부려서는 안 된다는 생각으로 이어졌다. 노예를 포함해 모든 인간이 평등하다는 생각이 진정한 민주주의를 가져왔다.

어려서부터 내 일은 내 스스로 하는 것이 옳다는 것을 습관화시켜야 한다. 그러지 않으면 매사 남에게 의지하려는 마음이 생기고 어려운 일이 닥칠수록 그것을 돌파해 나갈 힘을 잃는다.

자기 일을 찾아 스스로 한다는 것은 지위가 높을수록 겸손하다는 증거를 보인다. 얼마든지 그것을 대신 해줄 사람이 있음에도 불구하고 자기 일이니까 당연히 자기가 해야 한다는 것은 모든 사람들에게 모범을 보인다.

남에게 의지하려는 마음은 결국 나 자신을 허약하게 만드는 결과를 가져오며 연약한 뿌리로 자라게 한다는 것을 명심하라.

자기에게 주어진 일을 성실하게 수행하는 것이야말로 남에 대한 인격의 배려이며 인격의 존중이다. 아랫사람이라고 해서 무조건 시켜도 된다는 생각은 잘못된 생각이다. 일을 시켜도 시켜야 할 일이 있고 시켜선 안 되는 일이 있다. 그런 것을 가릴 줄아는 능력이 필요하다.

한 번 경험해 보라. 내가 해야 할 일을 그저 자연스럽게 해내는 행동 뒤에 어떤 느낌이 오는가를. 비로소 그것이 얼마나 나의 마음을 편안하게 하고 즐겁게 하는가를 대번에 느낄 수 있다.

생각해보면 모든 일이 내 스스로 해야 할 일들이 대부분이다. 그것을 깨닫지 못하는 사람은, 자신의 일을 남에게 의지하려는 사람은 결국 그 일을 해내지 못하고 뒤로 미뤄지는 일들이 많아 자신의 일을 그르치게 되는 경우가 많다. 왜냐하면 남에게 시키는 일은 그 즉시 이뤄지는 일이 적기 때문이다.

가장 위대한 것이 무엇인가

인간이 가장 위대한 것은 강함과 약함을
동시에 지니고 있기 때문이다.

인간이 가장 위대한 것은

강함과 약함을 동시에 지니고 있기 때문이다. 다음은 레오 버스카글리아 교수의 말이다.

"땅 위에서 예수는 눈물을 흘리며 울었다. 예수는 외롭고 실망했으며 고뇌하고 낙담했다. 이런 인간다운 격정 속에서 예수는 인간이 무엇인가를 이해할 수 있었다. 부처도 인간의 가장 기본적인 성질을 깨닫고 있었다. 세상에 대해 혼란을 느끼고 유아독존하며 긍지를 가지고 인간적인 특징을 모두 나타냈다. 그들은 인간의 강함과 약함을 뚜렷하게 보여주는 존재였다."

인간은 어떠한 경우에도 그것을 이겨낼 강함을 지니고 있지만 살랑거리는 바람에도 견디지 못할 약한 심성도 지니고 있다.

모두가 강하고 모두가 약한 것이 아니다.

강할 때에 강한 사람, 약할 때에 약한 사람이야말로 진정 위대한 사람이라고 말한다면 위대함이란 그리 어려운 덕목이 아니라고 생각하겠으나 실제 이를 실천하고 산다는 것은 상당히 어렵다.

대체로 사람들은 강한 사람과 약한 사람으로 나뉜다. 자기 심성이 그렇게 굳어진 탓도 있지만 이를 다스리지 못하는 미숙함에 있다는 것을 깨닫고 있는 사람은 그리 많지 않은 것 같다. 감정이 어느 일면만으로 흐르는 것은 감정의 미숙이 가져오는 결과이고 이성이 어느 일면만으로 흐르는 것은 자기를 조절할 능력이 부족한 탓이며 또한 지혜의 부족에서 오는 결과이다.

강함에는 늘 팽팽함과 거칠함이 동시에 느껴진다. 심장의 박동이 빠른 사람이 숨소리가 거친 것처럼 그렇게 보이고 약함은 강함과 반대로 늘어짐과 너무 부드럽게 느껴져 맥없이 보인다. 그렇다고 그것들을 함께 잘 믹스하여 강하지도 않고 약하지도 않은 그런 사람이 되라는 이야기는 아니다. 예수와 부처에게서 나타나는 강함과 약함, 뚜렷하게 보여주는 존재가 되라는 이야기는 더더욱 아니다. 그들은 성인이며 인간이 가질 수 없는 경지에 오른 사람들이기 때문에 그것을 요구할 수도 없고 그렇게 되지도 않는다.

그러나 그들 성인들을 통해 그들이 보여주는 강함과 약함의 존재가 어떻게 공존하며 우리가 왜 습득해야 하는지는 깨달을 필요가 있다. 왜냐하면 이 두 가지가 삶의 연결고리가 되어 우리의 행동을 그렇게 요구하는 경우가 많기 때문이다.

예수처럼 외롭고 실망하고 고뇌하고 낙담할 수 있으며 부처처럼 세상에 대해 혼란을 느끼고 유아독존하며 긍지를 가질 수 있다. 그들의 인간적 특징을 우리가 느낄 수 있다면 자기를 다스리고 참다운 생명을 이어 갈 본분을 찾을 수 있을 것이다.

가장 위대한 것이 무엇인가를 한 번 깊이 생각할 시간을 가져 보는 것도 좋다. 사람마다 그것을 해석하는 모양이 다를 수 있지만 그 무엇이라도 좋으니 오늘 인간에게 가장 위대한 것이 무엇인가 하는 철학하는 시간 앞에 눈을 감겨 둘 필요가 있다.

나의 그릇을 키워라

포부를 크게 가져라. 내가 설 땅이 넓으면 넓을수록
내가 짓는 집은 궁궐이 된다.

나를 담을 그릇의 용량이
얼마인가에 따라 성공의 부피가 달라진다. 1리터의 물병에는 아
무리 물을 쏟아 부어도 1리터의 물밖에 담을 수 없다. 100볼트
의 전압선에는 그 이상의 전력을 흐르게 할 수 없다.

사람이 차지하고 있는 그릇은 저마다 다르다. 너른 가슴을 지
니고 사는 사람이 있는가 하면 아주 좁은 가슴을 지니고 사는
사람이 있다. 원대한 욕망으로 꿈이 거대한 사람이 있고 소극적
으로 새로운 것을 받아들이는 것을 두려워하는 사람이 있다.

너른 가슴을 지니고 있는 사람은 매사 긍정적이며 남을 이해
하는 마음이 넓고 항상 여유롭다. 하지만 좁은 가슴을 지니고
있는 사람은 뒤틀린 심사로 남을 대하고 자기만 아는 이기주의

적인 사람의 굴레에서 벗어나지 못한다.

강물에 돌을 던졌을 때 그 흐름이 흐트러지지 않고 그 흐름에 방해를 받지 않는다. 그러나 얇게 흐르는 시냇물은 작은 돌에도 물이 크게 튀어 오르고 흐름에 방해를 받는다.

이와 마찬가지로 큰사람이 되면 그 어떤 사물에 끄떡하지 않고 자기만의 고유한 심성을 유지하며 당당하게 살아간다. 그러나 작은 사람이 되다 보면 조그마한 일에 민감한 반응을 보이면서 신경질적인 것으로 사물을 대하며 조잡한 사람이 된다.

이러한 것이 큰 그릇과 작은 그릇의 차이를 대변할 수 있다. 짐수레를 끄는 황소는 아무리 힘이 세도 한 수레의 목초밖에 실을 수 없지 않은가. 바로 그런 것이다.

우리가 이치를 깨닫는데 많은 지식이 필요하거나 전문성이 필요하지 않다. 바로 그릇의 크기만큼 담길 수 있다는 그 간단한 원리만 깨달으면 된다. 바로 그것이 이치가 되는 것이다.

원대한 포부를 지녔어도 놀라운 성공의 기회를 맞이했어도 그것들을 담아낼 용기가 적다면 결국 그 그릇의 크기만큼 포부를 이루고 성공도 그 양만큼만 습득할 수 있게 된다. 그래서 나의 용량을 극대화시켜야 한다. 나의 그릇을 최대한 큰 것으로 준비하지 않으면 안 된다.

포부를 크게 가져라. 그리고 꿈을 향해 넓은 세상으로 나아가라. 내가 설 땅이 넓으면 넓을수록 내가 짓는 집은 궁궐이 된다. 이상은 높고 시야를 넓히면서 사는 사람일수록 그릇은 클 수밖에 없다.

그릇이 큰 사람은 영광을 지닌다. 남을 대하는데 인색하지 않고 너그럽게 된다. 그러니까 창고에 많은 곡물을 쌓고 있으면 어려운 사람을 손쉽게 도울 수 있는 그런 것이다.

광속에서 인심 난다는 말이 있다. 아무리 남을 돕고 싶어도 광속에 들어 있는 것이 없다면 마음만 앞설 뿐 그것을 실행할 방법이 없다. 그러나 광속에 쌓아둔 것이 많으면 얼마든지 남을 도울 수 있으며 남들로부티 존경을 받을 수 있다.

나의 그릇을 키운다는 것은 창고를 크게 짓는 것과 마찬가지이다.

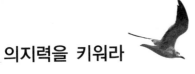

의지력을 키워라

모든 목적을 향한 힘은 바로 의지에서 생기는 것이고
그것을 실천하려는 것 또한 의지가 해내는 일이다.

오래 전 '빠삐용'이라는 영화가
우리나라에서 대단한 인기를 끌었던 적이 있었다. 스티브 맥퀸
과 더스틴 호프만이 열연한 영화로서 전 세계인으로부터 호평
을 받았던 이 영화는 인간의 의지가 얼마나 대단한가를 보여주
었다. 그래서 더욱 관객들로부터 사랑을 받았다고 생각한다.

죄가 없는 주인공이 살인죄 누명을 쓰고 감옥에 갇혔다가 억
울함을 호소하기 위해 끝없는 탈출을 시도한다. 그러나 탈출은
번번이 실패했고 그 벌로 주인공은 마침내 식인 상어 떼가 우글
거리고 파도가 거세게 치는 악마의 섬으로 보내진다. 빠삐용은
그곳에서 드가를 만나게 되는데 드가는 그 섬을 좋아했지만 빠
삐용은 그 섬에서조차 자유를 느끼지 못해 또다시 탈출하려고

한다.

　그는 탈출하기 위해 바다를 연구하기 시작했고 급기야 썰물과 밀물, 그리고 파도의 주기를 보며 탈출방법을 알아낸다. 드가에게 함께 탈출하자고 말하지만 드가는 두려움에 함께 가지 못해서 미안하다고 말한다. 빠삐용은 이미 그럴 줄 알았다는 듯 웃으며 혼자 파도에 둥둥 뜰 수 있는 포대를 던지고 그 위에 몸을 던져 탈출에 성공하게 된다. 그리고 영화는 끝이 나 엔딩 크레디트가 올라가게 되고, 내레이션으로 '악명 높던 프랑스 수용소는 빠삐용이 죽기 전 폐쇄된다' 라고 나오는데 많은 사람들이 감명 깊게 본 영화로서 기억되고 있다.

　억울한 누명을 벗고 자유를 찾기 위해 탈출을 감행하는 주인공의 의지는 참으로 눈물겹다. 그의 탈출이 어떤 긍정적인 이미지를 주는지 모르지만 아무튼 이 영화가 살아가는 우리에게 주는 여러 가지 교훈은 정말 시사하는 바가 크다.

　의지력은 무한한 힘을 지닌다. 불가능조차 가능으로 바꾸게 하는 힘이 존재한다. 의지력이 있는 사람과 없는 사람과의 차이는 견줄 수 없는 능력의 차이를 나타낸다. 열림과 갇힘으로 나뉜다.

　우리는 영화에서나 책에서나 지난 역사 속에서 의지력에 대한 인물들을 많이 만나게 된다. 이는 왜인가? 바로 의지력이 시공을 초월하고 인간으로서 할 수 없는 것이라 생각한 것도 이루게 하는 놀라운 힘때문이 아닐까.

의지력을 능가하는 것은 없다. 모든 목적을 향한 힘은 바로 의지에서 생기는 것이고 그것을 실천하려는 것 또한 의지가 해내는 일이다.

큰일을 해내는 사람일수록 의미가 있는 일일수록 의지를 동반하지 않으면 그것을 성공시키기 어렵다. 항상 신념의 한가운데에 의지력을 세워두지 않으면 안 된다. 의지력 없이 목적을 달성하고자 하는 사람은 그 목적과 거리를 좁히지 못하고 항상 똑같은 거리에서 허우적거리는 손짓만 하고 있을 것이다. 단 한 발도 전진하지 못하고 그 자리에서 맴돈다.

내일은 내일의 태양이 떠오를 거야

내일의 밝은 태양을 맞이하기 위해선 언제나
오늘의 고통을 참아낼 줄 알아야 한다.

영화 '바람과 함께 사라지다'의
마지막 대사는 유명하다. 뒤늦게 사랑을 깨달았을 때 떠나는 연
인의 뒤에서 여주인공 스텔라는 애절하게 읊조린다.

"내일은 내일의 태양이 떠오를 거야."

자기 처지를 위로하는 말로 이보다 더 극적인 말은 없을 것
같다.

그러나 내일은 내일의 태양이 떠오를 것이란 말이 자조 섞인
말로 그저 현재의 슬픔과 고통에서 벗어나기 위한 수사로 사용
되어선 안 된다. 현재의 슬픔과 고통을 잊고 미래의 희망으로
전개해 나가기 위한 수사여야 한다.

내일의 밝은 태양을 맞이하기 위해선 언제나 오늘의 고통을

참아낼 줄 알아야 한다.

그러나 고통을 살피면 우리는 우리를 괴롭히는 고통이 큰 것이라 생각하는데 그렇지 않은 경우가 많다. 아무리 큰 고통도 그것이 시작되는 것은 아주 하찮은 것에서 출발하기 때문이다.

오랜 날에 걸쳐 사막여행을 마치고 돌아온 사람이 있었다. 그에게 신문기자들이 몰려와 인터뷰를 하였다. 인터뷰의 첫 내용은 사막의 기행을 하는데 있어서 당신을 가장 괴롭혔던 것이 무엇이냐는 질문이었다.

그러자 사막의 여행을 하고 돌아온 사람은 무언가 곰곰이 생각하는 듯 말이 없었고 그러자 한 기자가 먼저 구체적인 내용을 곁들여 물었다.

"뜨겁게 내리쬐는 햇빛과 물 한 방울 없는 사막을 혼자서 외롭게 횡단하는 것이었습니까?"

그러자 여행자는 고개를 천천히 저으며 말했다.

"아닙니다."

"그렇다면 험하디 험한 사막 길을 헤쳐 나오면서 체력의 한계를 느꼈던 것이었습니까?"

"아닙니다."

"그렇다면 사막은 낮과는 달리 밤 기온이 엄청나게 낮다고 하던데 그 추위였나요?"

그러나 그는 고개를 저으면서 신문기자들을 향해 무겁게 입을 열었다.

"남들이 생각하는 그런 것들은 저에게 전혀 문제가 되지 않았습니다. 나를 정말로 끊임없이 괴롭히고 힘들게 만들었던 것은 신발 속으로 들어온 작은 모래, 몇 알이었습니다."

우리가 상상했던 것과는 달리 사막을 횡단하는데 있어 그를 가장 괴롭혔던 것이 지극히 작은 모래알이었다는 것은 많은 것을 생각하게 한다.

직접적으로 와 닿는 나의 슬픔과 고통이 진저리나도록 괴로운 것일지라도 결국 그것을 참아내고 이겨내야 하는 것은 나이므로 영화 '바람과 함께 사라지다' 의 주인공 스텔라가 떠나는 연인의 모습을 보면서 읊조리는 이 대사를 상기할 필요가 있다.

사막을 여행하였던 사람이나 스텔라의 고통은 구조적으로는 다를지 모르나 결국 고통은 고통으로 남아 자신을 괴롭혔다는 점에서는 다르지 않다.

야망을 가진 사람만이 성공한다

야망은 결코 욕심에서 비롯된 것이 아니다.
나의 목표이고 내가 살아가야 할 가치인 것이다.

"성공하는 사람들은 자신이
인생의 디자이너가 되어 꿈꾸는 미래를 창조할 수 있다고 믿는
다. 성공하는 사람들은 가치 있는 인생을 만든다. 그리고 그는
과거와 현재와 미래가 동일하지 않다는 사실을 안다. 또 같은
색만 있을지라도 언제든지 새로운 그림을 그릴 수 있다."

보도 섀퍼의 말이다.

이렇듯 성공은 많은 것을, 또한 무엇이든 시작할 가능성을 열
어주고 있다. 언제든 새로운 그림을 그릴 수 있는 특권이 주어
진다는 이야기이기도 하다.

야망을 가진 사람만이 성공한다. 야망은 결코 욕심에서 비롯
된 것이 아니다. 나의 목표이고 내가 살아가야 할 가치인 것이

다. 끝없는 도전을 갈망하는 사람의 삶의 이유이기도 하다.

야망은 꿈을 찾는 사람에게만 존재한다. 야망을 크게 품은 사람일수록 성공에 대한 확률이 높다. 크게 성공한 사람은 성공했다고 해서 결코 자만하지 않는다. 성공함을 드러내지 않는다. 이는 성공이 영원하지 않다는 그 조심성을 알고 있기 때문이다.

그러나 성공한 사람의 영광에 박수를 보내다가도 나를 깜짝 놀라게 하는 것이 있는데 그것은 그들 마음 한 가운데 존재하는 그들의 엄청난 야심이다. 그리고 그 야심 위에 떨어져내리는 우수와 죄악감에 또 한 번 놀라게 된다. 나는 그런 사람을 볼 때마다 일종의 연민을 느낀다. 그의 가치는 무엇일까를 생각한다.

야심은 결국 탐욕을 부르게 된다. 야심을 사전적 정의를 빌려 표현하자면 '신분에 맞지 않는 나쁜 욕망, 남몰래 품은 혹은 그 사람에게 주제넘은 욕망, 또 새로운 대담한 것을 시도하려는 마음'으로 되어 있다. 그러니까 새로운 대담한 것을 시도하려는 마음과 신분에 맞지 않는 나쁜 욕망, 남몰래 품은, 그 사람에게 주제넘은 욕망으로 혼용되어 해석하고 이해할 수 있다. 야심을 어디에 두었느냐에 따라 다르지만 전체로 보면 결국 탐욕으로 이어지게 될 소지가 너무 많다.

야망과 야심 사이는 등거리이다. 아주 가까운 곳에 머물러 있다. 그래서 비슷한 것 같은 생각이 들기도 하지만 그 본질에 있어선 사뭇 다르다.

야망이 흔들리면 야심으로 변질되기 쉽다. 이것은 욕심이 야

망 속에 숨어들었기 때문이다. 그렇지 않으면 야망의 단독이 야
심의 부패된 성질과 만날 수 없다.

가야 할 항구가 정해져 있지 않으면

목표를 일찍 정한 사람이 일찍 길을 나서게 된다.

일이 잘 이루어지지 않는다고
걱정만 할 것이 아니라 그럴 때는 자신의 마음가짐이나 자세를 점검해 보아야 한다. 무엇이 잘못 되었는지 어디서부터 마음이 해이해졌는지 등을 돌아보면 문제를 발견할 수 있다.

　"세상에는 자기 생활에 대하여 아무런 계획도 없이 그저 강물에 지푸라기가 떠내려가는 것처럼 살아가는 사람이 있다. 그들은 스스로 자진해서 자기의 길을 개척해 가는 것이 아니라 그저 세상을 떠돌아다니는 것에 지나지 않는다.

　반면에 어떤 사람은 사소한 부분일지라도 그 일을 해나가는 데 있어 세밀히 관찰하고 집념을 보이면서 자기의 생활 전체를 돌아보지 않는다. 이것은 크게 잘못된 부분이라고 지적하고 싶다.

우리는 인생의 전경을 바라보아야 한다. 그러하지 않으면 부분적인 일을 슬기롭게 처리할 수 없게 된다. 표적이 없으면 겨냥을 할 수 없다. 가야 할 항구가 정해져 있지 않으면 바람을 이용할 수 없지 않은가. 이러한 생활태도는 기회에 따라 움직이고 시간에 지배당하며 사는 데 지나지 않는다. 그리고 이러한 사람은 헛되이 과거의 기억을 되살려 자신을 괴롭힐 뿐이다.

마음이 흔들려 어찌해야 할지 갈피를 잡지 못하는 것은 마음의 안정에 큰 장애가 된다. 마음을 다스리는 것이 매우 중요하다."

세네카가 말한 이 말을 생각하면 인생을 넓은 폭으로 생각하고 목적이 분명하고 목표가 뚜렷해야 한다는 다짐을 하게 한다. 이런 다짐을 하게 되는 시기가 대체로 그 사람이 성숙된 절정의 시기이고 보면 이 시기가 어느 때인가가 중요하다고 여겨진다.

어느 사람의 경우 이미 십대일 때, 어떤 사람은 이십 대, 아니 삼십 대가 되어서야 목적과 목표가 형성되는 경우를 발견한다. 아니 더 많은 나이에서도 자기가 어떤 목적지를 향해 가야 하는지 그것을 정하지 못하고 사는 사람도 발견하게 된다.

나는 어떤 사람이어야 할 것인가?

목표를 일찍 정한 사람이 일찍 길을 나서게 된다. 목적이 분명한 사람의 행동은 일관되게 그 목적을 향해 움직인다. 목표를 정하지 못한 사람이 늦잠을 자게 되는 것이고 목적이 분명치 않은 사람이 무슨 일을 해야 하는지 모르니까 게을러질 수밖에 없다.

가야 할 항구는 목적이다. 목적이 정해졌으면 당당하게 해도를 펼치고 출발하라. 그것은 희망의 분기점이며 나의 목표이기도 하고 이상이기도 하다. 출렁이는 파도가 역경으로 존재하는 것이 아니라 마음을 설레게 한다. 그 순간의 행복은 그 누구도 느끼지 못하는 나만의 세계이다. 그러니까 항구를 찾는 일은 나의 세계를 찾아가는 일과 같다. 희망봉이기도 하고 유토피아이기도 하고 샹그릴라이기도 하다.

혼자 살고자 하면
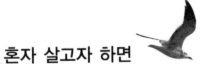

남을 돕는다는 것은 결국 나를 돕는 결과이다.

선다 싱이라는 사람이

네팔 지방의 한 산길을 걸어가고 있었다. 그날따라 어찌나 눈보라가 심하게 몰아치던지 걷기조차 매우 힘들었다.

그때 멀리서 여행자 한 사람이 다가오는 것이 보였다. 방향이 같음을 확인한 두 사람은 동행자가 되었는데 서로 간에 아주 많은 위안과 용기가 되었다.

살을 에는 추위와 거친 눈보라를 맞으며 두 사람은 인가를 찾기 위해 계속 발걸음을 옮겼지만 인가는 어디에도 보이지 않았다.

이렇게 얼마쯤 걷다보니 웬 노인 한 사람이 눈 위에 쓰러져 있었다. 살펴보니 아직 숨을 쉬고 있었다.

선다 싱이 동행자에게 말했다.

"우리가 이 사람을 함께 부축하고 갑시다. 우리가 부축해서 가지 않으면 이 노인은 분명 얼어 죽고 말 겁니다."

그러나 동행자는 선다 싱에게 말도 안 된다는 듯이 화를 버럭 내는 것이었다.

"그걸 말이라고 합니까? 우리도 지금 살지 죽을지 모르는 상황에서 저런 노인네까지 끌고 가다가는 우린 모두 죽게 될 거란 것을 모른단 말이오?"

사실 선다 싱도 그런 판단이 들었지만 눈 속에 쓰러져 정신을 잃고 있는 불쌍한 노인을 그냥 두고 갈 수가 없었다. 그는 동행자의 반대에도 불구하고 노인을 들쳐 업고 눈보라 속을 한 걸음 한 걸음씩 걸어가기 시작했다.

얼마 가지 않아 앞서가던 동행자의 모습은 보이지 않았다. 노인을 등에 업은 선다 싱은 갈수록 힘이 들었다. 하지만 끝까지 참고 목적지를 향해 한 발 한 발 힘들게 나아갔다.

선다 싱의 몸은 추운 날씨임에도 땀으로 흠뻑 젖었다. 선다 싱의 몸에서 뜨거운 기운이 발산되어선지 차츰 등에 업힌 노인이 의식을 회복해 가기 시작했다.

두 사람은 서로의 체온으로 점점 추위에서 벗어날 수 있었다. 마침내 그들 앞에 마을이 나타났다. 그러나 선다 싱의 눈에는 마을 입구에 한 사내가 꽁꽁 언 채로 쓰러져 있는 것이 보였다. 가까이 다가가서 시체를 살펴본 그는 놀라지 않을 수 없었다.

그가 바로 자기 혼자 살겠다고 앞서가던 동행자였기 때문이다.

맨 처음 눈 위에 쓰러진 노인을 발견하였을 때 그 노인을 부축해 가면 힘이 빠져 결국 자신도 죽을 것이란 사람이 오히려 노인을 업고 간 사람은 살고 그는 죽었다. 그러나 노인을 업고 간 사람은 결과가 그렇게 나리라 생각하고 노인을 업고 가지 않았다.

어떤 이야기를 통해 우리가 배울 수 있는 교훈은 분명 이것만이 아니다. 결론은 힘든 처지에 있는 사람을 그냥 지나치는 것보다 도움을 주고 가는 사람의 처지가 앞의 이야기에서 나타나는 결과처럼 좋은 방향으로 진행되는 경우가 상당히 많다는 것이다.

남을 돕는다는 것은 결국 나를 돕는 것이다. 그 노인은 자신의 체중을 남에게 의탁하는 처지가 되었지만 자신의 체온을 상대에게 베풀게 되면서 몸을 따뜻하게 해주었고 땀을 흘리게 했으며 그것이 그 사람에게 가장 무서웠던 혹한을 이기게 한 원동력이 되어 함께 생명을 보존할 수 있었던 것이다.

빵이 발견되기 전에는 도토리도 좋았다

찌루찌루와 미찌루는 행복이란 바로 가까이에
있는 것임을 깨닫게 된다.

어려웠던 일을 겪고 살아온 사람이
그 시련의 시기를 벗어나 평탄한 길을 걸을 때 어려웠던 시절을
잊어버리는 사람이 많다. 그러니까 빵이 발견되기 전에는 도토
리도 좋았던 시절을 생각하지 못하는 것이다.

작은 것에 만족하며 살았던 사람이 큰 것을 얻었는데도 만족
하지 못한다. 아무 것도 얻지 못했을 때는 아주 작은 것도 소중
하게 생각했던 사람이 큰 것을 얻고도 소중하게 느끼지 못하고
더 많은 것을 찾으려 하는 욕심이 꿈틀거린다. 이는 보통 사람
들이 공통적으로 가지고 있는 욕망의 노예로 조정을 받기 때문
이다.

욕심은 욕심을 낳고 그 욕심의 노예가 되었을 때 인간의 모습

은 추하게 변모한다. 나를 자극하는 일, 나를 극도의 욕망으로 몰고 가는 과정에서 정말 도토리도 좋았던 시절을 떠올릴 순 없을까?

살아가면서 이것은 정말 대단히 중요한 일이다. 진정 초심을 잃지 않고서 살아간다면 사실 많은 것들을 진정시킬 수 있다. 과도한 욕심을 줄일 수 있고 욕망의 노예에서 벗어나 행복한 삶을 누릴 수 있다.

세상의 모든 것은 우리 자신이 행복하기 위함이다. 처음의 뜻과 마지막의 뜻이 결코 다를 리 없다. 이 행복을 추구하고 찾아내서 누리기 위해 인간은 존재한다. 돈과 권력과 명예를 찾는 것의 마침표는 행복이란 단어 아래 찍히게 된다.

행복한 삶을 살아가기 위해서 존재하는 인간은 욕심과 욕망의 노예가 되지 않는다. 큰 것을 바라지 않으며 얻어지는 것들을 배수로 하여 불리려 하지 않는다. 주어지는 것에 대한 감사와 만들어지는 기쁨의 향연에 행복해 한다.

찌루찌루와 미찌루의 오누이가 꿈속에서 요정의 안내를 받아 행복의 사신인 파랑새를 찾아다니는 이야기는 누구나 알고 있는 동화이다. 파랑새는 끝내 찾지 못했고 깨어나 보니 머리맡의 새장에 파랑새가 있었다. 찌루찌루와 미찌루는 행복이란 바로 가까이에 있는 것이며 다른 사람을 행복하게 해주는 방법 또한 바로 가까이에 있다는 것임을 깨닫게 된다.

행복이란 그런 것, 멀리 있지도 않고 이상사회에 있지도 않고 남의 그림자 속에만 속해 있지도 않고 나와 연관되어 아주 가까운 내 그림자 속에도 있다는 것을 우리는 명심해 둘 필요가 있다.

지금 필요한 일을 하는 것

'지금 필요한 일을 하는 것' 이란 말속에는
인내와 노력을 하였을까에 대한 느낌표가 다가온다.

'지금 필요한 일을 하는 것.'

이 말은 노숙인 소녀가 하버드대학에 들어가 수석으로 졸업
하면서 한 말이다.

그 말을 한 소녀에게 학생시절 필요한 일은 무엇이었을까?
의문을 가질 것도 없이 그녀가 학생이었으므로 그녀에게 지금
필요했던 것은 공부였을 테고 그것을 열심히 함으로써 수석으
로 졸업하였다는 이야기다.

이 지극히 당연한 말을 듣고서 우리는 어떤 생각을 하게 될
것인가.

진리를 생각하게 된다. 더 이상의 어떤 수사적인 표현도 필요
없이 간결하게 표현한 이 말보다 더 이상 참다운 설명이 있을

수 있을 것인가? 그녀가 수석을 한 비결을 설명하는데 이보다 더 굵직하고 명료한 설명을 보탤 수 있을까?

한 가지 목표를 가지고 그 목표에 도달하기 위한 단계적인 과정에서 우리는 몇 개의 작은 목적을 가지게 된다. 그 하나하나를 달성해 가는 것이 성공을 향한 길이고 이 길에서 필요한 것은 집중력이다. 집중력을 키워가는 노력, 그 노력에서 성공은 길러진다.

바로 이것이다. 지금 필요한 일을 하는 과정에 집중력을 가지고 그녀는 오직 학업에 열중하였으며 결국 세계적인 대학에서 수석으로 졸업하는 영광을 획득하였다. 그녀는 그녀의 시대에서 성공한 것이다.

지금 필요한 일을 말하는 것은 결국 때를 가리키는 것이다. 그 장소에서 시기(때)를 정하고 해야 할 일을 한다는 것, 그 환경을 내가 만들어간다는 것이다.

하버드대학을 수석으로 졸업한 그녀가 단 한마디로 말한 '지금 필요한 일을 하는 것'이란 말속에는 그러나 얼마나 많은 인내와 노력을 하였을까에 대한 느낌표가 다가온다.

아무리 힘들어도 쓰러지지 않고 일어나야 했을 그녀의 피눈물 나는 노력, 때론 모든 것 다 내던져버리고 싶어질 때도 있었을 것이다. 그럴 때면 '내일은 어떻게 되든 상관없고 오늘 하루만 정말 오늘 하루만 열심히 살자'라는 신념으로 그 시간에 집중했을 것이다. 그런 것이 쌓여 노숙인이었던 그녀가 수석으로 졸업할 수 있는 영광을 차지할 수 있었다는 것을 우리는 짐작하게 된다.

어느 계절이나 볼 수 있는 배추흰나비도 그 태어나는 계절에 따라 커지기도 하고 작아지기도 한다. 또한 같은 종류의 식물도 장소, 햇살이 비추는 방향, 물을 주는 시기에 따라 여러 가지 변화를 나타나는데 이파리의 빛깔이 좋아지는가 하면 큰 꽃이 피기도 하고 줄기도 굵어지거나 가늘어지기도 한다.

이것이 사람이 성장하는 것이나 성공을 이룩하는 것이나 좋은 비유가 될 것이라고 나는 생각한다.

'지금 필요한 일을 하는 것.'

이것을 가슴에 새기는 사람은 가능성이 있는 사람이다. 이를 실천하는 사람은 분명 성공할 수 있는 사람이다.

집중력으로 나를

할 수 없는 일에 집중하지 말고
할 수 있는 일에 집중하라.

초등학교 때 과학실험에서
확대경을 이용해 불을 일으킨 적이 있을 것이다. 그때 중요한
것은 초점을 정확하게 맞추어 태양광선을 한 점에 모아야 한다.
그래야만 한 곳에 집중된 태양열이 열을 내며 결국 타오르게 된
다. 불이 붙기까지 초점이 흔들리지 않도록 확대경을 잘 잡고
있어야 함은 물론이다.

태양광선이 렌즈를 통해 한 지점에 모아짐으로써 불이 일어
나듯 자기가 가진 모든 곳을 집중하여 목표한 바를 이루고야 말
겠다는 불같은 열의를 가지고 있어야 한다. 이루고자 하는 꿈을
붙들고 늘어지는 끈기가 없으면 결코 자신의 꿈을 이룰 수 없
다.

집중력은 몰입이며 사물에 대한 관심이고 흥미이다. 산만한 정신으로 해낼 것은 하나도 없다. 공부도 일도 집중력이 있어야 기억되고 발전시킬 수 있다.

할 수 없는 일에 집중하지 말고 할 수 있는 일에 집중하라. 가지지 않은 것에 집중하지 말고 가지고 있는 것에 집중하라. 집중의 에너지는 산만함의 그 푸석한 먼지바람과 같은 동력과는 비교가 될 수 없다.

성적이 우수한 학생들을 살펴보면 그들은 보통 학생들보다 집중력이 뛰어난 것을 볼 수 있다. 선생님의 강의를 집중하여 듣고 그것을 복습하여 자신의 것으로 완전히 이해를 하고 지나가는데 비해 성적이 좋지 못한 학생은 선생님의 강의에 열중하기는커녕 그 시간에 졸거나 휴대폰을 만지작거리고 옆에 있는 학우에게 쓸데없는 말을 건네기에 바쁘다. 이런 학생은 이미 선생님의 강의를 듣지 않아 공부내용이 무슨 뜻인지를 알지 못하고 그러자니 자연 복습을 하려해도 그 내용을 이해할 수 없어 슬그머니 책을 덮게 된다.

집중력의 차이는 처음에는 작게 나타나지만 시간이 지나면서 엄청난 차이로 작용한다. 집중력을 가지고 노력한 학생과 산만한 상태로 공부한 학생과의 차이는 이미 대학의 문턱에서 일류와 이류, 삼류로 구분 지어져 사회에 진출하는 문이 다르고 그들이 사회에 진출했을 때 받는 대우도 상당한 차이를 보인다.

일류는 일류를 찾는다.

왜일까? 머리가 좋아서일까? 공부 잘하는 학생은 전부 머리가 좋고 공부를 못하는 학생은 모조리 머리가 나쁜 것일까? 그렇지 않다. 어느 정도는 맞을 수 있겠으나 머리가 좋고 나쁨의 차이는 그리 크지가 않다. 차이라면 집중력을 갖고 누가 주어진 시간에 열심히 노력했느냐의 차이다.

일류가 일류를 찾는 것은 머리가 아니라 똑같이 주어진 조건에서 누가 더 노력하고 집중했느냐를 측정하는 것이다. 그러니까 일류가 일류를 찾는 것은 머리가 우수한 것보다 자세를 본 것이고 일류가 선택한 조건은 어떤 일을 맡겨도 공부를 잘한 학생이 역시 그 일을 잘 수행해 나갈 것이란 것을 믿고 그 사람을 신용하고 있기 때문이다. 그러니까 그 사람을 평가하는 간접적 평가의 기준을 거기에 맞추었기 때문에 자신의 회사에서 일할 사람을 그런 기준으로 고르고 있다는 것으로 생각하면 된다.

공부를 못한다는 것은 자존심이 상하는 일임은 분명하다. 똑같은 시간과 똑같은 학비를 내고 공부하면서 누구는 우등생이 되고 누구는 열등생이 된다는 것은 나를 포기하는 것과 같다. 몇 년 동안 집중하면서 공부를 열심히 했느냐 그러지 못했느냐의 차이가 평생 내가 어떤 사람으로 살아가는 것인가 하는 문제를 좌우하는 일이라면 나는 지금부터라도 모든 걸 다 팽개치고 열심히 공부함으로서 내 잃어버린 자존심을 회복하고 말겠다.

성숙해라, 열여덟 살도 어른이다

너희들 정신선상에 나타난 것들은 어른스러운 판단과
이성과 행동이 뒤따라야 한다.

식물이 잘 자라고 열매나
꽃을 피우게 하기 위해서는 햇빛과 충분한 비료가 있어야 한다.
하지만 이러한 조건을 다 갖추었더라도 필요한 성분의 비료 하
나가 빠져 있다는 맹점을 가지고 있으면 그 식물은 원만한 성장
을 하지 못하거나 성장을 멈추게 된다.

사람의 성장도 이와 마찬가지임을 명심해라.

모든 일에는 무르익는 시기가 있다. 열매가 익을 때까지는 성
장의 시간이 필요하다. 서둘러서 미리 익히려면 진정한 열매가
아니라 인스턴트가 되어버린다. 인스턴트는 결국 인스턴트로서
의 가치밖에 없다.

열매가 익을 때까지 참아야 한다. 식물도 마찬가지다. 보리는

봄에 씨를 뿌리면 겨울 동안 눈을 맞으면서도 따스한 흙 속에서 서서히 커나갈 힘을 길러 봄과 함께 파란 싹이 나오고 따뜻한 햇볕을 받으면서 어느 정도 자라난 다음에 비로소 열매를 맺는다.

아무리 조급해도 참아야 한다. 성숙할 때까지 참는 것이야말로 매우 중요하다. 살아 있는 모든 것이 신의 섭리에 따르듯 모든 동식물은 이러한 과정을 거쳐 생성하고 발전해 간다.

열여덟 살은 어리지 않다. 성년의 문턱에 있는 나이지만 이 시기에 나타나는 것은 그리 어리지 않다. 남들보다 좀 더 성숙하다면 그들 역시 이미 어른이라는 것을 나는 인정한다. 하지만 식물이 다 자라나 열매나 꽃을 피우는 것처럼 성정과정에서 어떠한 비료를 섭취하고 필요한 성분을 얼마만큼 받았느냐에 따른다는 것은 분명히 전제가 된다는 것을 명심해라.

나를 성숙시키는 것은 나이와 비례하지 않는다.

같은 나이테를 지녀도 어떤 나무는 등걸이 튼실하고 굳건하게 자라나는 반면 어떤 나무는 그저 길쭉하거나 옆으로만 퍼져 비실거리게 자란 나무가 있다. 일정하게 자라지 않는다. 그만큼 튼실한 나무는 성장과정에서 햇빛을 잘 받거나 성장하기 위한 양분을 잘 흡수했기 때문이다.

이런 비유가 자칫 육체의 성장을 말하는 것 같지만 식물에 비유한 성장은 우리에게는 정신적 성장의 양분을 말하는 것이고 어떤 성장은 그 성장이 필요로 하는 조건을 가져야 한다는 것을 설명하는 것이다.

성숙해라, 열여덟 살도 어른이다.

너희들 정신선상에 나타난 것들은 어른스러운 판단과 이성과 행동이 뒤따라야 한다. 결코 어린 나이가 아니다. 어리고자 한다면 어린 나이지만 어른이고자 한다면 얼마든지 어른이 될 수 있는 나이이다.

가장 쉽게 설명하자면, 어린 행동을 나타내면 어린 것이고 어른과 같은 행동을 보이면 그것이 어른이다. 그러나 그것은 말로 나타내지는 것이 아니라 성숙도에 따라 행동이 그렇게 다르게 나타난다.

많은 독서를 하여 생각의 깊이를 더하고 어떤 사고를 지녀야 좀 더 나은 인생을 살아갈 수 있는가를 고민하고 어떻게 하면 이 사회의 일원으로서 이 세상에 한 획을 그을 수 있는가를 확정해라.

이 순간, 스스로 자신에 대해 물어보라.

나는 어린가?

나는 아직 어려. 아냐, 나는 어리지 않아.

어느 것이 지금 나의 대답인가를 찾아라.

성숙해라
열여덟 살도 어른이다

초판 1쇄 인쇄 2014년 5월 1일
초판 1쇄 발행 2014년 5월 8일

지은이 | 유현민
펴낸이 | 이정란
회　장 | 김순용
펴낸곳 | 이인북스

등록번호 | 2007년 12월 14일 제311-2007-36호
주　소 | 122-891 서울시 은평구 증산로17길 6-27, 301호
전　화 | 02) 6404-1686
팩　스 | (02) 6403-1687
이메일 | 2inbooks@naver.com

ISBN 978-89-93708-40-0 03810

값 12,500원